LA DERNIÈRE NUIT

DE LA MÊME AUTRICE

Les Déraisons, L'Observatoire, 2018 ; 10-18, 2019
Baïkonour, L'Observatoire, 2019 ; 10-18 ; 2020
Une légère victoire, Julliard, 2023

ODILE D'OULTREMONT

LA DERNIÈRE NUIT

roman

julliard

Conception graphique de la couverture : Valérie Gautier
Illustration de couverture : Steve Dehoux, *13*, 2023.

ISBN : 978-2-260-05757-4
Éditions Julliard – 22, rue du Pont-Neuf 75001 Paris
contact@julliard.fr

« C'est à qui nettoiera l'autre. »

La Chute,

Albert Camus

À mes filles, toujours.

Chapitre 1

Son choix s'est porté sur un couteau en acier de taille moyenne, lame simple et polyvalente, tranchant lisse, manche rouge antidérapant en plastique, percé de trois points de soie métallique. En l'observant de près, l'objet lui rappelle le santoku du boucher et cette comparaison lui plaît. Au début, Nikki a hésité avec un fusil, plus adéquat, ne fût-ce que pour le symbole, l'ironie, ou les deux à la fois. Celui de son père, rangé dans son étui sous le coffre en mélèze dans le vestibule aurait fait l'affaire. Mais il lui manque l'usage et le doigt, et la carabine, longue et lourde, est complexe à manipuler. Pour être crédible, elle doit donner l'impression d'une espèce de routine du flingue, maîtrisée, non pas à la perfection, mais avec fluidité. Qu'Abel soit certain de trouver face à lui une technicienne de l'abordage, qu'il se sente en danger, au point que se débattre ou s'échapper ne constitue jamais une option viable. Malgré leur passé commun, rires et épreuves confondus, la détermination de Nikki doit paraître implacable.

Durant plusieurs mois, elle a pesé le pour et le contre. Peu à peu, s'est imposé à elle ce besoin irrémédiable, vital même, de passer à l'acte, de faire quelque chose qui puisse marquer à jamais l'expression de ses limites, qui s'adresserait à lui bien sûr, mais aussi à l'humanité entière, tout homme ou toute femme vivant sur cette terre saurait qu'il faudrait désormais la tenir en respect.

Délimiter son territoire, le marquer au plus près du sol, c'est une chose qu'elle accomplit au quotidien ; tailler les haies des champs, restaurer les clôtures en bordure des prairies, graisser les loquets des barrières, dépoussiérer les murs des porcheries, poncer la rouille des grilles, nettoyer les cloisons entre les boxes, entretenir les balustrades, les parapets, les portails, les bornes, les fossés, à tous les étages elle trime, le périmètre de la ferme circonscrit de droite à gauche et du nord au sud. Avec les années, le dispositif d'abord mis en place par ses parents pour la sécurité des animaux et la pérennité du commerce a tenu bon.

Jusqu'à lui.

Lui et personne d'autre.

Qui a distribué cette nuit-là sur les terres de sa ferme, comme un crachat, les prémices d'une folle sauvagerie, souillant de son mépris ce qu'elle appelle modestement son « pays ». Dans l'impunité la plus totale, il a supprimé, d'un geste minuscule, et en un instant, tout ce qui, chez elle, faisait sens. Et ce fut la fin des certitudes. De la confiance. Les murs de Nikki Perdieux, un à un, se sont effondrés, réduits en petits tas de sable, pulvérisés, minables, ils ont foutu de la poussière partout, sur sa peau et sous ses paupières, saloperies de cendres d'un monde révolu, parvenues jusqu'à son cœur par ses veines. Et qui l'amènent aujourd'hui à envisager ceci : un couteau.

Se souvenir toujours de la nuit du 13 septembre 2023. Et du monde après, réduit à plus grand-chose.

Le temps passant, elle a balayé les doutes et les craintes et imprimé durablement en elle la certitude que ce qu'elle était sur le point d'entreprendre, malgré la violence, était juste.

Sur le clavier de son téléphone, elle rédige le fameux message préparé depuis des jours et ainsi le processus est lancé. Ensuite, les choses s'enchaînent avec une fluidité étonnante. Elle le connaît, lui, *l'animal*, et *l'animal*, comme elle prendra soin par la suite de ne plus jamais le nommer, le pseudonyme étant, à son égard, bien trop valorisant, répond favorablement à toutes ses sollicitations, exactement comme elle l'avait anticipé.

Six mois plus tôt, déjà, elle avait réuni ses amis de toujours, Pierrot et Sven, en première ligne, fils d'agriculteurs aussi, devenus à leur tour les maîtres de leurs enclos, et leur avait parlé de son projet. « J'ai des trucs à lui dire, des trucs à lui faire peur, à le réduire en miettes. » Évidemment, tous l'ont soutenue, ils le détestent autant qu'elle, ce qu'il a fait a révulsé tout le monde dans la région. Et la décision du tribunal de le relaxer dans cette affaire a ajouté du dégoût au sentiment d'injustice. Elle n'a donc eu aucun mal à les convaincre de l'aider, et, ensemble, ils ont monté un plan.

Par SMS, elle lui a donné rendez-vous sur la place de l'Hermitage, à dix heures. Elle connaît parfaitement le lieu. Le matin, l'endroit sera calme, les places de parking disponibles nombreuses, ils pourront donc procéder tranquillement.

Catherine Edwig, journaliste à La Province, c'est ainsi que trois jours plus tôt, Nikki a signé le message qui l'invite à un entretien dans le cadre de son prochain article « Le business, nouvelle croisade des aristos ». Et Abel, recevant ledit message cet après-midi-là, alors qu'il est en Belgique, de passage chez ses parents, n'a pas hésité une seconde. L'occasion de faire parler de lui, *ce patronyme lourd à porter*, comme il s'en plaint parfois, assorti d'un héritage matériel et patrimonial conséquent auquel il n'a, selon son père, jamais fait honneur. L'occasion était trop belle. Il reçoit le texto et Nikki savoure son moment. Elle l'imagine satisfait, passant sa main baguée d'une chevalière en laiton frappée des armoiries familiales dans ses cheveux touffus, déjà parsemés de filaments blancs par endroits en répétant la phrase, *Je me suis fait tout seul*, sorte de confitéor remodelé à sa sauce, une litanie maintes fois gargarisée au Yamazaki Single Malt, servi dans son pub préféré de Mayfair et sur le point de prendre la forme concrète d'un texte public. Établir, preuves à l'appui, que l'ancien *gosse gâté* s'est affranchi. Voilà qu'enfin son temps est arrivé.

À cette Catherine Edwig, il détaillera sa fonction de banquier londonien, spécialiste désormais des fusions-acquisitions, *Aimèné* comme on dit dans le jargon des mecs qui bossent jusqu'à pas d'heure et gagnent l'équivalent d'une Rolex Daytona par mois. Il précisera, non sans fierté, que depuis quatre ans qu'il occupe ce poste chez Stanley and Bird, il pense avoir contribué durablement et vertueusement – oui, il osera le mot – au développement économique et financier de l'Europe. Et peu importe que le canard ne soit que provincial, la journaliste inconnue et l'impact d'un tel papier proche de zéro – indispensable pour le maintien de son ego mais inutile à l'échelle industrielle –, néanmoins, il en tirera parti. Et d'ailleurs, il se demande déjà si cet article ne serait pas une occasion en or de laver son honneur une fois pour toutes en donnant enfin publiquement sa version de l'histoire du *procès de la vache* qui lui colle encore à la peau plusieurs mois après avoir fait baver contre lui autant la presse locale que les lecteurs du coin.

Le procès de la vache.

Oui, décidément, ce papier tombe à pic et quoi qu'en pensent ses parents, il saura briller.

Madame Edwig, je serais heureux de répondre à vos questions dans le cadre de l'entretien journalistique que vous me proposez. Je serai en Belgique jusque vendredi, disponible à votre meilleure convenance.

Nikki soupire. Un mélange de soulagement et de consternation. À la rédaction de *La Province*, il y a bien une journaliste portant le même patronyme, mais son prénom est Claire, elle a pris soin de le modifier pour éviter, au cas où les choses tourneraient mal, d'ajouter au délit qu'elle s'apprête à commettre l'usurpation d'identité. Claire, donc, signe ses articles *Cl. Edwig*, détail qu'Abel n'a manifestement pas pris soin de vérifier. *Vanité, vanité.* Nikki soupire de nouveau.

Elle lui adresse une réponse courte dans laquelle elle lui donne rendez-vous le mardi suivant à la *Brasserie des Deux Tours*, place de l'Hermitage, à dix heures.

Il y sera, lui confirme-t-il.

Nikki se tient debout dans la cuisine, adossée au buffet en chêne, acheté par Anne, sa mère, aux puces du coin et posé au milieu du corps de ferme, à trois cent cinquante mètres à vol d'oiseau du château de Hesbaye, lorsqu'elle reçoit son message en retour. Elle pense *le pauvre*. D'imaginer qu'il s'en sortira indemne, qu'elle laissera faire, qu'elle ne dira rien, qu'elle accusera le coup à jamais, courbant l'échine encore, comme un être coupable. Mais coupable de quoi ? D'être née à son endroit et lui au sien ?

Elle fait rouler une pêche sous ses doigts et la sectionne en quatre parties égales. Jamais elle n'a procédé par vengeance, jamais jusqu'à ce jour, elle n'a cherché à obtenir un dédommagement moral de quiconque, tout simplement parce qu'elle n'a pas le souvenir d'avoir été offensée. Et cette prise de conscience lui semble vertigineuse ; comment se fait-il qu'à vingt-neuf ans passés, personne, hormis lui, ne lui ait porté préjudice ?

La plupart du temps, elle est en compagnie d'animaux. Se peut-il qu'ils aient constitué autour d'elle une sorte de troupeau providentiel qui l'aurait préservée de cieux humains draconiens et des vents contraires ? S'est-elle, à leurs côtés, construite en sécurité, à l'abri des blessures et des trahisons ? Depuis un quart de siècle, à fréquenter majoritairement la bête, serait-elle demeurée vierge de blessures et de tourments ?

Abel était pourtant l'un des rares à qui Nikki avait offert sa confiance.

Elle avale le dernier morceau du fruit en jetant un œil par la fenêtre ; au champ paissent vaches et moutons. Devant elle, elle pose quelques feuilles et extrait un Bic du tiroir ; elle a jusqu'à dix-sept heures, ensuite elle rentrera les vaches et les mènera à la traite. Il lui reste trois jours pour terminer sa lettre.

Ils avaient dix ans l'un et l'autre, ce jour du mois d'août, lorsqu'elle l'a vu pour la première fois. Franchissant le portail de la ferme où elle vivait, il charriait sous ses pas d'enfant la terre sèche de cette fin d'été, ses baskets à la mode formant autour de lui, au ras du sol, un petit nuage gris difforme. Il marchait donc, quelques mètres derrière son père et sa mère et elle ne voyait que ses New Balance bleu marine, et la poussière autour. Leurs parents les avaient présentés l'un à l'autre, sous-entendant par cette question étrange *Tu te souviens d'Abel ? Tu te souviens de Véronique ?* qu'ils s'étaient déjà rencontrés. Il n'en était rien. L'enfant vivait dans le château voisin, une information dont, à cet âge, elle n'avait que faire. Pourtant, un récit collectif, archéologique, quasi biblique les liait depuis toujours, ils étaient, elle et lui, à leur corps défendant, figés dans le marbre des réalités et des fantasmes de l'Histoire. Dans la région et même au-delà, victimes des méandres d'une divagation ordinaire et populaire, les parents de Nikki, Jean et Anne Perdieux, bien que de tous temps travailleurs indépendants, propriétaires de leurs terres et de leur exploitation, étaient considérés comme « les fermiers du château » du comte et de la comtesse de Hesbaye.

Des culs-terreux modernes.

Trop jeune pour saisir les dédales d'une narration dont elle ignorait les détails, Nikki savait déjà qu'entre elle et Abel, un long fleuve noir, chargé d'une boue séculaire, coulait.

Le voisin, le fils de, du même âge qu'elle.

Par la suite, il lui avait raconté que ses parents tenaient le même discours : *Véronique, la voisine, la fille de, du même âge que lui.* C'est son prénom, avait-il précisé, qui l'avait rebuté. Une gamine qui s'appelle comme une vieille… Et à quel point il sembla soulagé quand ce jour de leur première rencontre, elle avait précisé d'emblée « Nikki, je m'appelle Nikki. »

Tandis qu'Abel, d'oublier que son vrai prénom, dont il ne fit jamais mention, était en réalité Abélard.

Chaque jour de sa jeune vie, jusque-là, Nikki avait honni ses conditions. Née dans une ferme, elle grandissait au quotidien dans un environnement cerné de boue, de foin, de bêtes, d'odeurs et d'excréments. Tout, dans ce lieu, la rebutait ; les chatons errants, les chevreaux, les veaux, leurs poils doux, leur spontanéité comme des mignardises auxquelles tous les enfants du monde auraient rêvé, méthodiquement, elle fuyait tout cela.

Elle éprouvait une répulsion féroce pour le genre animal, rêvait de carrelage propre, d'une pelouse tondue au cordeau, de senteurs de neuf et de frais, elle priait pour voir apparaître un sac à main au bras de sa mère, des chaussures à lacets et semelles fines aux pieds de son père.

La vie à la campagne était pour elle une sorte de rognure, le résultat d'une malédiction dont elle ignorait l'origine. Parfois le soir, elle s'endormait en cherchant à comprendre pourquoi. Pourquoi elle, pourquoi eux, pourquoi ici et comme ça.

Le plus souvent, elle s'enfermait dans sa chambre à ne rien faire, remuée par un besoin profond de se tenir à l'écart de cette vie qui, à l'extérieur, charriait des productions trop foisonnantes. Ses sens, saturés, hurlaient intérieurement, son corps tout entier désirait la neutralité, elle aspirait à la ville, au béton, et parfois à la mort.

L'école était son lieu de repli, une parenthèse où elle reprenait sa respiration. Elle avait des amis, « les citadins », qu'elle n'invitait jamais. Elle prétendait que ses parents n'étaient pas là. En réalité, c'était tout le contraire. Ils ne cessaient d'être présents. Ils ne partaient ni en week-end ni en vacances, tout collés au poisseux qu'ils étaient, *ad vitam*, comme un mauvais karma. Bottes crottées et ongles noirs attisaient sa honte de n'être qu'un rejeton de la terre. Elle en faisait tout un drame, réclamait des compensations morales, une virée chez Zara ou un film au cinéma. Anne tentait d'en rire, cédait parfois, convaincue que ça lui passerait, tandis que Jean piquait des gueulantes, la traitait d'enfant gâtée puis s'occupait d'autre chose ; un veau à mettre au monde, un champ à pulvériser, il y avait tant à faire. Régulièrement, le dimanche, ses parents invitaient des amis du coin, agriculteurs pour la plupart, et leurs enfants avec eux. Nikki, obligée de les accueillir, avait mis au point une technique d'abandon redoutable : elle les amenait dans la cour en filant aux garçons un ballon de foot et aux filles le chaton le plus mignon possible. Débarrassée de sa pénible mission, elle remontait dans sa chambre pour ne plus jamais réapparaître. Les gamins du coin, même s'ils l'aimaient bien, l'appelaient « la sauvage » et ça la faisait sourire. Pour elle, qui fuyait la nature et le monde animal, le sobriquet paraissait bien inadapté.

Depuis trois générations, les Perdieux exploitaient, en plus de leurs propres terres, quelques hectares qui appartenaient au comte de Hesbaye et c'est ainsi que par un truchement populaire d'une valeur discutable, ils étaient devenus « leurs fermiers », raccourci sémantique que Nikki avait en horreur, comprenant déjà, même à cet âge tendre, tout ce que cela sous-tendait de méprises et de mépris. Depuis peu, les deux familles, aspirant à plus de modernité, tentaient publiquement de restaurer cette entorse de l'Histoire et peu à peu, Jean Perdieux et Henri de Hesbaye étaient devenus amis. Il ne s'agissait pas d'une amitié au sens de l'intimité, mais ils avaient établi un lien de confiance et rien ne laissait entrevoir, lorsqu'ils partageaient une bière au zinc du bar villageois que l'un était comte et l'autre fermier. *Pas de ça entre nous*, clamait Henri. Conforté par l'autre qui le lui rendait bien. Pour autant, Anne et Jean n'étaient jamais invités au château, alors qu'une fois par an, eux se fendaient d'un déjeuner préparé des jours à l'avance auquel Henri et Olivia assistaient poliment, et que Nikki, les observant avec l'acuité qui était la sienne, avait toujours considéré comme une corvée. Avait-elle déjà hérité d'une honte dont ses parents essayaient eux-mêmes et avec un certain courage de se débarrasser ?

Cet après-midi-là, à la ferme, Abel a attrapé Nikki par le coude et l'a tirée vers la cour extérieure. Il trottait avec habileté, les bras agités. « C'est vraiment ici que t'habites ? » Il s'est détaché de Nikki, lançant des regards en tous sens, fasciné. Elle l'observait de loin, son corps délié donnait l'impression d'occuper tout l'espace en produisant des gestes souples, sorte de boléro élastique, et soudain il s'était mis à nommer ce qu'il voyait, à la mitraillette, avec des mots vifs comme des petits éclairs. Il passait d'un endroit à un autre, s'arrêtait en poussant des cris, se ruait sur les animaux, les avant-bras tendus, les mains écartées comme si, dans ses paumes ouvertes, viendraient forcément se poser des merveilles. Il procédait en désordre, fatras chaotique, balançant un enthousiasme effréné à chacune de ses expressions, il dirigeait seul un orchestre d'émotions qui assaillaient Nikki et la traversaient sans qu'elle parvienne à comprendre pourquoi. Sa confusion l'électrisait, c'était la première fois qu'elle observait une telle fougue se produire entre les quatre murs de cet endroit qui l'avait vue naître et qu'elle maudissait. La première fois qu'elle entrevoyait la liesse.

Abel se levait, se mettait à genoux, demeurait assis, se relevait de nouveau. Elle mit un certain temps à comprendre qu'en réalité, tour à tour, il se posait. À hauteur ; de matière, d'engin, d'êtres vivants, de pelage, d'odeur. Plus tard, il se jeta dans la paille *pour faire comme dans les films.*

Il lui posait mille questions sur tout. Elle n'était capable de répondre à rien, éprouvant une certaine fierté à ne disposer à propos de son environnement d'aucune connaissance. Lui semblait consterné. Ils étaient comme deux étrangers, à s'observer sans se comprendre. L'attitude d'Abel, ses actes, ce manège qu'il incarnait avec une grande sincérité, questionnait tout en elle : sa passivité, son indifférence, ses lacunes.

— On dirait une fille de la ville, avait-il soupiré.

Nikki était au comble de la joie.

— Il s'appelle comment ?

Il y avait là un veau qu'il caressait depuis de longues secondes. Il le cajolait mais pas seulement. Une trentaine de minutes durant, tout agenouillé dans la paille près de l'animal qui dormait, il lui a raconté sa vie. Par bribes. Et elle l'écoutait poser là, aux pattes du jeune bovin, en phrases courtes, le constat d'une déception précoce.

— Chez moi, j'ai pas le droit d'avoir des animaux. Ma mère ne veut pas. À quoi ça sert d'avoir un énorme jardin ? Mon père dit qu'un chien mouillé, ça sent mauvais. Pourquoi on vit à la campagne si elle aime pas les animaux ?

— Il a raison. Les animaux, ça pue.

— N'importe quoi. Tu l'as déjà senti, lui ?

Son regard désignait le veau, frais de la veille, au pelage encore humide, allongé dans toute l'allégresse de son corps neuf. Il invita Nikki à considérer l'animal. Au lieu de ça, elle détourna volontairement le regard.

— Tu l'as jamais senti, je parie !

Alors, d'un bond, il s'est levé, il a saisi sa main et l'a forcée à se tenir à ses côtés. Devant eux, le veau a relevé la tête, tendu le cou, comme pour se mettre à disposition de leurs paumes, il s'est empressé de lui caresser le crâne en le massant avec ses doigts élancés, il semblait prendre un plaisir fou à astiquer le haut du minois bovin tandis que Nikki, tétanisée, restait là, à l'observer faire.

— Regarde, tu fourres ta tête et tu le sens. Comme si tu le respirais.

Elle demeura immobile.

— Vas-y !

Dans le cou de l'animal, il plongea son visage et, mêlé à son pelage, il baragouina une phrase étouffée. Impassible, la jeune bête le laissa faire.

Ce fut un choc. Un premier choc.

— Comment il s'appelle ?

— Je sais pas.

— C’est une fille ou un garçon ?

— Je sais pas.

— Viens ! On lui trouve un prénom.

Du regard régalé d’Abel, ce jour-là, sourire large et prunelles radieuses, Nikki se souviendra longtemps.

Chapitre 2

Tu termines ton café que tu as l'habitude de boire en lisant *The Economist*, le rituel est répété tous les matins, à Londres comme dans le château familial. Tu te dis que tu deviens vieux à reproduire quotidiennement les mêmes gestes. Tu as déjà vingt-neuf ans.

Sous le porche des écuries, ta voiture, une Land Rover Classic 2.5 TD vintage, Ardennes Green, t'attend comme un bon cheval. Cet engin, c'est un peu ta madeleine de Proust. Elle appartenait à ton père. Quand tu étais petit, tu avais le droit de la conduire, installé sur ses genoux, uniquement dans l'enceinte de la propriété. Parfois, sur le siège passager, à l'avant, tes fesses posées sur tes talons pour avoir l'air plus grand, tu l'observais qui passait en revue la coupe des bois, vérifiait les élagages, suivait les traces d'un animal. Cette bagnole suintait la cambrousse et les fourrés, les chemins ardus et boueux et tous ces trajets courts pendant lesquels ton père et toi goûtiez à des moments trop rares d'une simple complicité. De la même façon, il t'arrivait de l'accompagner pour une journée de chasse. La Land planquée dans les broussailles, tu demeurais aux côtés du paternel, posté en haut d'un mirador en bois, en attendant le passage du gibier. Alors, il te prêtait sa paire de jumelles et tandis que tu suivais la cible à travers le grand objectif, ton père l'abattait.

Assis derrière le volant, tu laisses sonner ton téléphone, tu rappelleras Gaïa plus tard, après l'interview. Tu lui détailleras alors l'intérêt de la journaliste pour les multiples aspects de ton existence, aussi bien personnels que professionnels ; ça te donnera matière à flamboyer. C'est important.

Tes précédentes conquêtes étaient mannequins, influenceuses, créatrices de bijoux ou de cosmétiques bio. Des dizaines se sont succédé dans ton lit, façonnées dans le même moule, à penser routines beauté, strass, pierres fines et mascaras chocolat. Certaines plus intéressantes que d'autres, la plupart serviles et creuses. Mais toutes ravissantes et bien montées, des physiques qui, toujours, te mettent en valeur ; aux côtés d'une bombe tu te sens puissant, peu importe qu'elle n'ait pas grand-chose à raconter, puisque tu n'es pas certain d'avoir toi-même plus à dire, l'important c'est ce shot d'adrénaline que tu ressens à travers le regard envieux des autres hommes.

Gaïa, c'est autre chose. Elle n'a rien d'une oie blanche. Elle n'est là ni pour ton argent ni pour ton titre, sur ces deux points, la demoiselle est bien mieux dotée que toi. Élevée dans un somptueux cottage du Somerset puis diplômée en droit international à Cambridge, Gaïa t'est supérieure en tout. Plus douée, plus fine, cultivée et drôle. En comparaison, tu ressembles à un petit-bourgeois de province avec tes cheveux gominés, ta veste à boudins sans manches et tes mocassins en daim. Seule ta chevalière frappée d'un lion féroce au centre t'apporte un peu de réconfort. *On est toujours le plouc d'un autre*, penses-tu alors, le cœur pincé. Car contrairement à certains de tes amis et malgré les apparences, tu ne débordes pas de confiance en toi. C'est la raison pour laquelle en matière de fille, tu as décidé de changer de braquet. À presque trente ans, tu considères qu'il est temps de te faire valoir autrement que par une paire de seins. Tu aimerais te marier un jour, avoir des enfants et comme tu es bien conscient que la beauté chez une femme ne dure pas… Gaïa dirige un cabinet d'avocats spécialisé en droit humanitaire international qu'elle a créé quatre ans plus tôt et dont le nombre de collaborateurs avoisine désormais la centaine. Tu es bluffé et, dans le même temps, tu ne cesses de te demander pourquoi elle s'intéresse à toi et ça te fragilise. *She has high expectations, she is amazing, she is so intelligent, incredibly creative*, voilà comment tu la décris à tes parents, à tes amis qui la connaissent peu, tu accordes tout ce qui la concerne au superlatif, c'est fatigant, tu le concèdes, même pour toi, surtout pour toi, mais ça vaut le coup et tu te concentres pour être à la hauteur. Des occasions comme ça, tu n'en auras pas mille. Pour la première fois, tu te vantes d'avoir une compagne puissante, tu utilises précisément ce mot. Il te sert à démontrer qu'en termes de rapport de force, tu te situes en-dessous. Et ça te rassure. Tu es bien conscient que dans le passé, les choses ont pu, en de rares occasions, déraper. Tu trimballes en toi une violence sourde, dont tu cherches la cause. Tu prétends être quelqu'un de calme et de tempéré mais tu sais que c'est faux. Tu te méfies de ta vraie nature et des conséquences qu'elle peut avoir sur les femmes qui partagent ta vie, certaines ont parfois fait les frais de pulsions que tu contrôles mal, chaque nouvelle crise plane au-dessus de toi comme un rapace déplumé. Longtemps, tu étais persuadé que ton autorité prouvait ta moralité. À présent, tu la tiens à distance. De nos jours, c'est le genre de méprise qui passe mal. Par conséquent, depuis que tu as rencontré Gaïa, il y a six mois, tu vois régulièrement un psy. L'éminent docteur William G. Hoover, consulté à l'occasion par William, le prince héritier *himself*. Avec lui, tu tentes d'analyser les méandres de ta brutalité. Dans ton for intérieur, tu doutes que quelques mois de thérapie puissent changer la donne – tu connais la profondeur de ton mal –, en revanche, la démarche possède l'avantage de rassurer tout le monde.

Tu sens que ton existence, peu à peu, s'apaise et que tu files un coton meilleur.

En guise de réponse, tu rédiges un SMS à ta petite amie, précisant que tu es en interview, tu mens un peu mais pas vraiment, tu anticipes, c'est de bonne guerre, l'idée c'est de faire monter la sauce, susciter son intérêt, voire son admiration. Elle est anglaise, elle vit à Londres, elle n'a aucune idée de qui peut bien être la journaliste en question ni même ce que représente le canard provincial un peu minable pour lequel elle travaille. Le seul objectif étant de faire envie.

In the middle of an itv, darling… Call you later. Cœur-cœur.

Sur la route, tu mets la musique à fond, un bon Led Zep comme du temps de tes quinze ans, où tu étais allongé dans ta petite chambre à Wycliffe College, avec ton copain Eddy ronflant comme un marsouin dans le lit voisin, pas reluisant, bouche ouverte et peau truffée d'acné. Tu passais alors des nuits entières, casque sur les oreilles, en insomnie, à rêver des filles du collège voisin, que vous croisiez le week-end, en ville ou ailleurs. Molly, Abigail, Christie, Ella, il y en avait tellement…

Tu vires à droite et tu empruntes le chemin privé des Dames puis tu quittes la propriété, tu atteins le bois d'Andrimont, celui qui sépare le château de la ferme des Perdieux, que tu longes par la droite et, aussitôt, tu accélères. Les souvenirs que tu as laissés entre les quatre murs de cette exploitation agricole te prennent à la gorge, les battements de ton cœur se hâtent, quelques gouttes de sueur affleurent la surface encore lisse de ton front. Nikki, ta jeune amie de l'époque, celle avec qui tu jouais à la ferme, te revient en mémoire mais le portrait t'incommode au plus haut point. Tu fermes les yeux, chasses le désagrément aussitôt remplacé par l'image de Gaïa posant dans une robe fourreau *mindblowing*. Tu l'imagines déambuler suavement dans ton appartement, réhaussée de bijoux discrets et d'une confiance en elle très affirmée.

À la vue de la prairie bordée par la route, l'angoisse t'assaille de nouveau. Tu songes à la vache, à ce que tu as fait ce soir-là, tu écartes cette pensée du mieux que tu peux, mais le geste insensé te revient, par flashes. Il te colle à la peau, depuis deux ans, pas un jour où tu n'y songes pas. Tu refuses de prononcer le prénom de l'animal. Tu prétends ne pas t'en souvenir. *Fucking* cauchemar que tu subis mais auquel tu ne prêtes aucune attention, tu ne cherches pas à comprendre, tu refoules, pleinement dans le déni de ta responsabilité, tu le sais, mais tu ne veux pas le savoir, tu penses naïvement qu'avec le temps, les choses vont s'apaiser. C'est une des raisons pour lesquelles tu détestes revenir ici ; tu as l'impression que l'histoire s'impose à toi et tu n'es pas prêt. La honte te grignote. Tu te cherches toutes les excuses du monde. « Si on était parfait, on n'apprendrait rien », étant ta préférée. C'est pas toi qui l'a dit, c'est ton psy. Tu t'accroches à ça, comme si ta vie en dépendait. Brièvement réconforté, tu roules, pied au plancher, vers l'église du village qui se dessine au loin.

La place en forme de haricot s'étend devant le parvis de l'édifice religieux. À première vue, personne. De rares voitures et sur le trottoir d'en face, une bonne sœur qui promène son chien. Ou est-ce l'inverse ? L'animal, colosse, semble connaître son chemin, son cou plus épais que son corps tracte derrière lui une petite femme voilée aux pas hésitants. Au bout de son bras tendu, un bracelet de laisse et sur sa tête, le couvre-chef en tissu marine contrarié par un vent moyen. Assise au volant de sa voiture garée devant la brasserie, Nikki trouve le tableau joli. À côté d'elle, sur le siège passager, Sven bouffe ses cuticules et Pierrot, à l'arrière, frappe du pied sur le tapis en caoutchouc. Sous la manche de Sven, un élastique à cheveux enfilé à mi-chemin entre son coude et son poignet maintient le couteau rouge en place, lame tournée vers l'extérieur. Il bouge son avant-bras régulièrement, des mouvements nerveux, comme s'il tentait de devancer là, dans cet habitacle minuscule, le déroulé des événements à venir.

Nikki parle seule. Comme un mantra, elle marmonne cette phrase en boucle « On ne bafoue pas, ni mes terres, ni tout être vivant qui s'y trouve », censée lui conférer force et pouvoir. Ses traits froissés ont pris mille ans, ils sont devenus la lourde parure de sa vengeance. En apparence pourtant, son corps est en ordre, mais dans les profondeurs d'elle-même, une partie est dévorée et sa souffrance, mine de rien, bouche en cœur, l'étreint.

Enfin, elle l'aperçoit.

Cramponné au volant de son ancêtre Land Rover kaki, Abélard de Hesbaye conduit, ratatiné, le cou rentré dans ses épaules épaisses, son corps émergeant à peine et, sur sa tête, un chapeau de chasse tyrolien, frappé d'une plume orange. Il gare sa voiture plus loin, à une vingtaine de mètres, tout au plus.

Nikki remonte un masque chirurgical pendu à son cou et enfonce sur ses yeux une casquette bleue frappée de l'initiale *T* pour Texas surpiquée dans un fil de coton blanc. Elle quitte sa voiture, suivie de Sven et Pierrot, pareillement masqués et casqués, qui marchent juste derrière, un rien plus loin, l'air de ne pas se soucier, ni d'elle ni du reste autour. Puis rapidement, tête baissée, visière plongée vers le sol, elle s'approche de la voiture d'Abel, ouvre la portière, se rue sur le siège passager, à côté d'Abel qui pousse un cri d'effroi. Il agite ses bras devant lui, balance son chapeau dans l'habitacle, repousse la femme de tout son corps, baragouine des mots affolés tandis que Sven et Pierrot, s'emparant des portes arrière, prennent place à leur tour. Et soudain, il s'arrête.

« Salut Abel. » Aussitôt que Nikki a prononcé ces mots, Sven pointe contre le flanc d'Abel le couteau rouge qu'il vient d'extraire de sa manche. Pierrot, assis derrière lui, l'informe qu'un canon de pistolet, dont il prend soin de mimer la compression à travers le dossier du siège, est braqué dans son dos.

Est-ce bien elle ? Celle qu'il croit reconnaître ? Que fait-elle là ? Dix, quinze ans... qu'ils ne se sont pas... N'a-t-il pas rendez-vous avec une journaliste de *La Province*, Catherine Machin ?

« Qu'est-ce que tu... ? » Abel n'a pas le temps d'ajouter un mot que Sven appuie d'un coup sec, le couteau perce le polo gris frappé d'un logo crocodile, une petite tache rouge affleure le tissu et il pousse un cri.

— Nikki !

— La ferme, lâche-t-elle sèchement.

Dans un élan fluide et rapide, Sven remonte le couteau depuis le flanc d'Abel jusqu'à son cou. Ensuite, Nikki lui présente une corde qui pend à la lichette de son pantalon et qu'elle lui ordonne de nouer par-dessus sa ceinture. « Pour s'attacher l'un à l'autre », précise-t-elle. Comme c'est ironique.

Au bout d'un moment, semblant plus docile, Nikki lui ordonne de faire démarrer la voiture.

« Vas-y, je te dis par où aller. » À présent, elle s'exprime avec calme, une certaine douceur, presque. « Tu roules et tout ira bien. »

Posées sur le volant, les mains d'Abel tremblent. Au début, il fait n'importe quoi, confond la pédale d'accélérateur avec le frein puis se trompe de vitesse si bien qu'il manque de peu la voiture stationnée derrière lui.

« Pardon… » la peur remontée dans sa gorge sangle sa voix, il racle des sons gavés de trouille, avance de quelques mètres puis murmure « OK » comme un gamin chopé la main dans le sac. « D'accord… » souffle-t-il encore.

Tandis que Sven maintient le couteau à fleur de peau, sans bouger, Abel conduit en silence, on entend ses expirations courtes et ses inspirations chancelantes, une odeur de transpiration envahit peu à peu l'habitacle. Nikki ne dit rien. Les quatre humains confinés, liés par une corde, une lame et le canon d'un prétendu flingue, pétochent à degrés variables.

À la dérive, Abel lance des regards affolés vers la route qu'il connaît pourtant par cœur. Il a la nausée, son estomac lesté d'une salade de fruits ingérée une heure avant, un mélange mangues-bananes émincé avec soin par la cuisinière du château, sature. Le besoin de dégueuler est urgent, la débâcle magistrale, il est pris au piège. Car il s'agit bien de Nikki, *la fille des champs,* sa copine d'adolescence, celle avec qui il a joué à tout ; aux fermiers, aux aventuriers, aux dresseurs de bêtes sauvages, aux châtelains, aux professeurs des écoles pour quadrupèdes, aux vétérinaires, aux circassiens, elle et lui ont formé une équipe, envisageant tour à tour des situations imaginaires et leur donnant corps. Sa camarade de cabanes et d'épopées agricoles, cette Nikki-là, la complice d'autrefois se tient dans sa voiture, assise à ses côtés, décidant d'un couteau rouge pointé sur l'arrière de son cou et d'un flingue posé contre son dos, tenus l'un et l'autre par deux hommes qu'il reconnaît à peine, du chemin à prendre.

Abel pile sur ses freins.

— Tu ouvres la portière et t'es mort, hurle Pierrot à l'arrière.

— Je vais vomir !

Sans attendre, il baisse la fenêtre et, dans un jet, crache sa frousse comme un bleu, retenu à la taille par le lien que Nikki tient court. Un amas de bile s'éventre sur la route laissant une traînée se répandre sur la tôle de la Land Rover et glisser tout le long comme de la glace fondue. Du dos de sa main, Abel essuie ses lèvres humides. *Dégueu,* pense Nikki. La répulsion ajoute au mépris. Elle l'observe se redresser comme une créature honteuse : il n'a pas beaucoup changé. *Plus mince ?* D'un regard en coin, elle observe ses jambes moyennes et fines, les cuisses denses, il y a toujours eu chez lui de l'intensité, ce physique athlétique, les muscles ramassés, tendus, en ce sens, autant son corps que son esprit dégagent une sorte de cohérence : ado déjà, il donnait l'impression de *maîtriser.*

La voiture redémarre. Abel aborde un carrefour et Nikki indique à droite. À un embranchement près, il pourrait rentrer au château, chez ses parents. C'est la première fois de sa vie que cette idée lui semble réconfortante.

Il roule cinq minutes, sur ordre, il vire à droite, puis roule encore pendant deux kilomètres environ. Il procède ensuite exactement comme Nikki le lui commande : il freine, coupe le moteur, pousse sa porte, la laisse grande ouverte, sort de la voiture, lui d'abord, tout doucement, Nikki donne la corde à Pierrot qui s'extrait du véhicule du même côté qu'Abel, garde le lien tendu et maintient l'otage en tension. Entre les deux, Sven pointe le couteau contre son dos, le force à deux reprises, l'opercule enfoncé d'un ou deux millimètres sous la peau et le sang perle de nouveau.

Abel marche lentement et se lamente un pas sur trois, mais Nikki se prive bien de l'apaiser. À plusieurs reprises, avec un bâton ramassé à la hâte, elle lui assène des coups dans le flanc pour le presser en même temps qu'elle le regarde décrypter les lieux.

Malgré la confusion, les années passées et sa mémoire brouillée, Abel reconnaît l'endroit. Petits, ils l'appelaient *la grange des fous*, tout en briques rouges et poutrelles magistrales. Sven secoue la corde comme il l'aurait fait avec les rênes d'un cheval pour activer sa mise en marche, le comte est devenu robot minus, un être humain plus tout à fait humain, traînant dans le gravier, sous ses pas misérables, les restes d'un destin contrarié qui aurait pu connaître les joies d'une pâle renaissance, si seulement Catherine Edwig avait existé. À la place, courbé en deux, il franchit le porche, escorté de près par un gang artisanal. Au cœur de l'atrium, deux poules, cou bosselé dodelinant d'avant en arrière, regard fixé vers le néant, passent au loin et, partout autour, les crottes de souris au sol, les toiles d'araignées dans les coins, le pépiement des oiseaux, on dirait « *business as usual* ».

Poussé dans le dos, Abel traverse la grange. Nikki ouvre la marche et l'emmène à l'étage, par l'escalier du fond. Au milieu d'une pièce presque vide se trouve une lourde chaise en bois posée face à un canapé en velours moutarde. La scénographie un peu burlesque rappelle un plateau de théâtre. On ne serait pas surpris d'assister au lever d'un rideau pour constater derrière une foule de spectateurs avides. Au lieu de ça, personne, et Abel qui stoppe net sa déambulation faisant soudain volte-face, le visage tourné vers Nikki restée dans l'embrasure de la porte.

— Je suis désolé ! souffle-t-il.

Du plat de la main, Pierrot frappe entre les omoplates d'Abel, un coup brutal, il beugle, trébuche, tombe, puis se relève, tracté comme une chose bestiale.

— Nikki ! Abel supplie.

Pour éviter tous tracas logistiques, elle demande à Abel s'il veut pisser ou boire. Il décline. « T'auras eu ta chance », lui fait-elle remarquer en lui désignant la chaise comme un ordre.

— Assieds-toi là.

Le siège est raide mais l'assise où poser son séant plutôt large. « Mets-toi bien », lui conseille ironiquement Sven avant de l'attacher à l'aide de liens en plastique et d'adhésifs appliqués sur sa bouche.

— C'est pas Versailles, mais au moins t'es assis. Si t'as un truc à dire c'est maintenant.

— Je suis désolé.

— Ah oui ? sourit Nikki, elle lève les yeux au ciel et donne l'ordre à Pierrot de le bâillonner comme il faut. T'auras eu ta chance, répète-t-elle.

Par la plus grande fenêtre de la grange elle jette un œil à l'extérieur. La situation est calme. Elle envoie un message à Alvaro, son assistant engagé à la ferme, pour s'assurer que tout va bien. Elle l'a prévenu qu'aujourd'hui, elle *avait à faire,* et qu'il serait mis à contribution plus que d'ordinaire.

La nuit précédente, elle n'a pas fermé l'œil et elle a tout revu : les étendues vertes, la rosée de l'aube et le corps de l'animal, tombé dans l'herbe rouge. La réalité entière avec les champs plus loin, le ciel par-dessus et la terreur encore plus acérée que la foudre.

— J'ai des choses à te dire, tu t'en doutes. On n'attache pas quelqu'un à une chaise pour le plaisir. Comme tu n'es en mesure ni de parler ni de répondre à mes questions, je serai la seule à m'exprimer. Je t'ai écrit une lettre. Tu n'auras qu'à écouter. Bien assis sur ta chaise. Tu es bien assis, n'est-ce pas ? Mes mots seront à la fois les miens et ceux de Chance. À toi de faire le tri. Le procédé est discutable, j'en ai conscience, mais tu vois, maintenant, c'est moi qui décide. J'ai en moi un *Homalophis gyii*. Un quoi, te demandes-tu ? Un reptile venimeux, l'Antique Serpent, qui se fond dans le paysage, qu'on ne voit jamais et qui un jour, sort du bois. Pourquoi ? Comment ça, pourquoi ? Pour me venger.

Chapitre 3

Finalement, on l'a appelée Chance. C'est toi qui a trouvé le prénom, tu disais que ce veau était le tien, qu'avant ça tu n'avais jamais vu un animal d'aussi près. « Chance, c'est la joie ! » clamais-tu, ajoutant que désormais tu reviendrais à la ferme tous les jours. Je n'ai pas trouvé à redire, disons même que l'idée, secrètement, m'enthousiasmait. Soudain, non seulement je n'étais plus seule mais je gagnais, par ta présence, l'occasion d'embrasser cet environnement que j'avais rejeté jusque-là.

Nous lui avons attribué un prénom et à partir de ce jour, comme par magie, l'animal pour moi, s'est mis à exister.

Le matin suivant, avant de partir à l'école, pour la première fois, je suis passée par l'étable, prenant soin de laisser mon cartable et ma veste à l'extérieur, évitant de marcher dans la boue pour ne souiller ni mes vêtements ni mes cahiers.

Je me suis approchée de la bête qui dormait encore, son corps chaud blotti dans un nœud de paille. J'ai posé la main sur le sommet de sa tête, comme je t'avais vu faire la veille, elle a haussé son museau, deux iris charbon posés sur moi, et sans broncher, ses grands cils immobiles, levés bien hauts, ont scintillé comme un miracle. Sous mes yeux se trouvait la chose la plus aimable du monde. Je fus prise d'un vertige. En une fraction de seconde, j'étais attachée. Pourquoi m'étais-je donc soudain rendue vulnérable à confier à un être, non-humain, mes sentiments ?

Ce jour-là, la nature m'a frappée de plein fouet et j'en suis devenue l'esclave.

Tu es revenu après l'école, le vendredi suivant. Nous avons passé le samedi et le dimanche ensemble, avec Chance, près de Chance, devant Chance, derrière Chance, à côté de Chance. On lui a attaché un collier en cuir autour du cou, puis on l'a emmenée se promener dans les champs et sur les chemins de campagne. Tu connaissais chaque parcelle de la forêt voisine, j'ignorais tout de ce monde extérieur, autour de ma ferme. Du jour au lendemain, tu m'as filé la clé des champs.

Quelques heures avant ton départ, mes parents étaient occupés à organiser le prochain convoi

EXACOMPTA
PARIS

SAS LIBRAIRIE ITHABUY
127 Avenue de la République
91230 MONTGERON
France
IVA Intracom FR89944877349
Siret 94487734900018 - NAF 4761Z

LAFFON OLIVIER
Tel : 0611535850
Bon de reservation n°888070
Reservation du 10/02/2025 15:42

MIXTE
Papier issu de
sources responsables
FSC® C002321
FSC
www.fsc.org

Res. Liv. Designation Total

1x 1x LA DERNIERE NUIT 21,00€
ISBN : 9782260057574

EXACOMPTA
PARIS

Montant Total : [illegible]
Montant des arrhes : 61,80€
-> Arrhes réglées

Restera à régler : 0,00€

Justification valable pour encaissement

SAS LIBRAIRIE ITHABUY
127 Avenue De La République
91230 MONTGERON
France
TVA Intracom FR89944877349
Siret 94487734900018 - NAF 4761Z

LAFFON OLIVIER

Tel. : 0611535850
Bon de réservation n°888070
Réservation du 10/02/2026 15:42

Rès.	Liv.	Désignation	Total
1x	1x	LA DERNIERE NUIT	21,00€

ISBN : 9782260057574

Montant Total : 61,80€
Montant des arrhes : 61,80€
-> Arrhes réglées

Restera à régler : 0.00€

Justificatif non valable pour encaissement

à l'abattoir des veaux de huit mois, âge immuable de leur exécution pour que la viande soit conforme aux habitudes de consommation des Européens.

À la ferme, trois bêtes patientaient dans le couloir de la mort que je n'avais jamais pris la peine d'identifier. J'ignorais les règles de l'élevage tel que le pratiquaient mes parents, volontairement, je n'accordais aucun intérêt à leur façon de procéder, de peur d'être assimilée d'une manière ou d'une autre à cet univers qui me débéquetait.

Lorsque tu as appris que les veaux étaient systématiquement abattus avant leur neuvième mois, tout de suite, tu as pensé à Chance, qui n'avait que trois semaines, mais dont tu venais de comprendre, qu'à bien trop court terme, ses jours étaient comptés. Je me souviens de ta colère et de tes joues cramoisies, tu bégayais une émotion que tu avais du mal à canaliser et, dans cet élan, tu es allé voir ma mère, la prenant à témoin de ton désarroi, pour lui demander d'envisager un autre destin pour Chance.

« Une exception. Uniquement pour elle ! »

Comme tu la suppliais, elle prit le temps de t'expliquer qu'une ferme était une entreprise, que les animaux, même s'ils étaient des êtres vivants, constituaient une sorte de matière première et que si elle concevait parfaitement que pour un enfant, l'idée fut difficile à accepter, il s'agissait avant tout de gagner sa vie, de faire tourner un business et de payer les charges à la fin du mois. Et plus les mots dans sa bouche venaient à préciser les phrases, plus son ton devenait aigu, agacé peut-être de devoir justifier au gamin que tu étais – qu'elle savait ne jamais avoir à travailler – ses décisions professionnelles.

Elle avait fini par t'envoyer jouer ailleurs. Tu m'étais revenu aussi vite, ton corps tendu, fâché, longeait les murs de la grange, allant et venant d'un pas rapide.

« Tu ne peux pas laisser faire ça ! »

À présent, c'était à moi que tu reprochais la mort programmée de Chance, moi que tu blâmais pour mon insensibilité et mon inaction.

À mes yeux, Chance n'était encore qu'un veau parmi d'autres, nous lui avions attribué un prénom, certes, mais cela avait tenu de ta seule initiative à laquelle j'avais souscrit uniquement pour te séduire. Au strict sens de l'amitié. Je voulais que tu reviennes à la ferme le lendemain et le jour d'après. Pour ne plus être seule. Ta présence était comme une plume douce et rêche à la fois. Tu apportais à ma vie une énergie nouvelle, tu m'initiais aux méandres inconnus de mon propre territoire, tu y réclamais du chambardement.

Et je me laissais faire.

J'ai commencé par voir ces animaux qui m'entouraient, ensuite je les ai regardés, au bout d'un moment je m'accroupissais à leur hauteur pour leur parler ou au contraire, je m'élançais sur la pointe des pieds.

Autour de moi existait une vie intense que j'avais occultée. La réalité, c'est que je n'étais pas seule, je ne l'avais jamais été, ils étaient là et dorénavant j'allais vouloir partager avec eux.

Grâce à toi, j'apprendrai que la nature, aussi vaste soit-elle, détient les choses immédiates, la simplicité et parfois les miracles. Je tâchais d'investir mon environnement, je ne rêvais plus de mocassins pour mon père mais bien de l'aider en toutes choses qu'il entreprenait dans mon nouveau monde. Je secondais ma mère aux labeurs des champs, elle m'apprit à conduire un tracteur avant même de maîtriser les produits dérivés. Tu nous accompagnais souvent. Tu t'enivrais de nos conquêtes quotidiennes, qu'on riait de découvrir ensemble et dans notre coin, plus tard, loin du regard de mes parents, on jouait aux grands fermiers, on disait qu'on tenait une exploitation s'observant l'un et l'autre tenter d'embrasser nos responsabilités adultes avec une excitation manifeste. Ce fut une époque formidable.

J'avais l'âme libérée et mon cœur triomphait. « Il n'y a rien à chercher ailleurs que tu ne trouves ici. » Tu m'as dit cette phrase un jour, tu avais treize ans à peine et je n'avais jamais entendu de mots aussi justes. J'avais l'impression que mon univers entier dépendait de tes idées. D'une certaine manière tu m'as mise au monde et bien sûr, tu l'ignorais.

Je t'observe assis là, devant moi. Il m'échappe ce temps qui a passé depuis et qui a fait de toi celui que je vois. Regarde Abel, maintenant la débâcle est partout.

J'ai voulu qu'on t'amène ici pour que sur toi se referme le piège obscur de la honte, avec entre tes doigts, scellée au Scotch, la brûlure vivace du passé ; que le 13 septembre 2023 te hurle et te crache dessus.

Chapitre 4

Au lendemain du procès au terme duquel tu as été acquitté, les esprits du coin se sont échauffés. J'étais la plus concernée dans cette affaire, la plus éprouvée sans doute, cette décision judiciaire m'a plongée dans un abîme de noirceur. Comment était-il concevable que le juge t'ait trouvé des circonstances atténuantes après le carnage commis ? Autour de moi, comme un bouclier, la fronde paysanne s'est mise à gronder et ensemble, nous avons mis en place un plan précis, avec la conviction qu'il fallait faire *quelque chose*.

Tu n'étais pas présent à ton procès. Tu as envoyé ton avocate, une femme arrogante, ténor du barreau malgré son jeune âge, habituée aux affaires de stupéfiants et aux assassinats à gros potentiel médiatique. Ton cas l'ennuyait au plus haut point, de façon régulière, entre deux phrases, elle faisait claquer sa langue en signe d'agacement, le fait de devoir plaider dans un tribunal correctionnel de province dépréciait sa fonction durement acquise.

Elle avait accepté de te représenter parce que tu étais Abel, fils d'Henri et d'Olivia, et que par-delà cette abyssale connerie d'adulte immature qui t'avait mené devant la justice, tu demeurais un héritier dont il aurait été une erreur de négliger l'avenir. Tes parents, eux, avaient fait le déplacement. Ils étaient assis côte à côte sur le banc juste derrière, soucieux que cette fâcheuse affaire, pour la morale bien sûr, mais aussi pour leur réputation, n'abîme pas durablement les années d'échanges vertueux qu'ils s'étaient donné la peine d'établir avec les gens du coin et le reste du monde normal, à proximité.

Sache que je suis une femme tempérée. Par choix mais aussi, en partie, comme souvent, par obligation. Je suis tenue de l'être pour contrecarrer les soupçons d'hystérie, de folie, de bizarreries qu'on attribue aisément à celles qui vivent seules, qui entreprennent seules, pratiquent des métiers âpres ou sont ambitieuses. Je sais adoucir les angles et prendre du recul, je suis capable d'accuser les coups. Je gère une ferme entière, un cheptel de dix-sept vaches, un troupeau de quinze moutons, huit chèvres, une dizaine de poules aussi. Il faut disposer d'une faculté à temporiser pour envisager les animaux comme des partenaires de travail. Ils ne s'apprivoisent pas. C'est tout l'inverse. C'est vous qu'ils domptent. La nature se fout de nos calculs, seule compte sa survie.

Mais toi tu es plus qu'une plante ou qu'une vache, n'est-ce pas ? Tu es l'humain qui dispose d'une conscience de toi-même et qui se fait des idées sur le monde. En cela, tu leur es supérieur. Moi aussi d'ailleurs ; je suis supérieure aux êtres que j'exploite dans ma ferme. Ils ne sont que des vecteurs vivants de production. Au début, je l'ai envisagé comme ça. C'était ainsi que mes parents m'avaient transmis leur expérience du métier et je n'ai pas cherché à les contredire. Bien que je savais, au fond de moi, et grâce à toi, que la direction n'était pas la bonne.

J'avais vingt-sept ans, lorsque mon père a été frappé par un AVC. Je travaillais avec mes parents depuis huit ans déjà et je venais d'obtenir un diplôme de conduite et gestion de l'exploitation agricole. Avec eux la cohabitation était entière et la vie difficile. On partageait le même bâtiment, on travaillait ensemble, notre dévouement à la ferme était total, on ne partait pas en vacances, j'avais des amis mais je sortais peu, j'étais heureuse avec les animaux, je passais mon temps à chercher de nouvelles façons de cultiver les terres, plus modernes, plus respectueuses de l'environnement et, de la même manière, je m'intéressais aux alternatives à l'élevage intensif, que nous ne pratiquions pas tel quel – la taille de la ferme nous en préservait –, pour autant, nous appliquions encore des méthodes qui me semblaient de moins en moins compatibles avec l'époque. Mes parents, peu réceptifs à mes volontés d'innovation, faisaient la sourde oreille. Je poursuivais néanmoins mes investigations et, sans doute, j'en prends conscience à présent, aussi incongru que cela puisse paraître, cet intérêt pour le bien-être animal me vient-il en partie de toi.

Je t'en remercie.

Oui, tu as bien entendu.

Après ce que tu as osé faire.

Oser n'a rien du terme adéquat, d'ailleurs.

Il n'y a pas eu la moindre parcelle de courage dans ton acte immonde, cette nuit du 13 septembre. Au contraire, tu as agi avec une lâcheté infinie, la frousse capitularde des hommes minuscules.

Est-on d'autant plus petit qu'on se croit grand ? Je me pose la question.

De nouveau, je te regarde, arrimé au dossier de cette chaise comme un condamné à mort, ta bouche scellée de papier collant, incapable de parler, tu ne peux pas me répondre, à aucun moment. J'ai l'infect pouvoir de dire ce que je veux à ton sujet, je peux parler de toi comme il me semble juste de le faire, fidèle à une réalité que j'ai gardée en mémoire, mais je peux aussi te calomnier si je le souhaite.

Je suis heureuse de me trouver devant toi, d'imposer à nos échanges un rapport de force déréglé qui frôle la névrose, la folie peut-être.

Le droit n'a pas sa place ici.

D'ailleurs tu n'en as aucun. Excepté celui d'espérer. Peut-être est-ce celui-là, au-delà de tout autre, qui fait de nous l'humain. Je détiens le reste. Dont la liberté de te laisser vivre ou de te tuer. Tu l'auras constaté, je ne suis pas tombée de ma fureur.

Depuis deux ans, ma vie est une plaine vaste, chargée de peine, et les sons résonnent autrement. Je suis épuisée de m'être sentie trahie, la fatigue parfois me défigure, je deviens laide et rance, j'étais pourtant joyeuse.

Je pleure Chance. Je pleure mon enfance et mes souvenirs, je me souviens de la lune qu'on chassait à la chute des jours, l'été, en courant dans les champs avec ce désir furieux de l'attraper, on grimpait dans les arbres en lui hurlant qu'un jour on l'aurait. On courait comme des fous, on courait partout, d'un endroit à l'autre, tout le temps. Sans connaître la destination suivante. On se contentait de courir pour la joie du déplacement, toujours renouvelé, pour le plaisir de se trouver ailleurs, sans cesse rassasié, et notre monde changeait à chaque instant. Tu n'étais pas le même assis sur la branche d'un arbre ou penché en avant, la main dans un sceau de graines, à nourrir les poules. Tu n'étais pas le même mais tu étais celui que j'admirais.

Chapitre 5

Te voilà pieds et poings liés, muselé comme un doberman. Tu ne peux pas parler mais il te reste à penser. Tu reconnais l'endroit, *la grange des fous*, dans tes souvenirs, elle était plus grande et plus froide encore. C'est joli pourtant, ces murs en briques apparentes, le plancher en bois constellé de tomettes en céramique et les plinthes naturelles en chêne massif qui remontent partout jusqu'au mitan des murs. Dans la charpente du toit, les poutres en bardeaux de cèdre apportent un caractère tragique à l'endroit. Ça ressemble à une cathédrale, songes-tu. Où la lumière oblique, qui frappe les travées structurelles, attise ta peur. La cathédrale de tes angoisses : depuis la plate-forme à fourrage installée à mi-hauteur, sur la partie arrière du bâtiment, pendent une dizaine de poulies rouillées. De loin, on dirait les nœuds d'une potence. Et le reste est terrifiant. L'endroit est isolé, personne ne sait où tu te trouves, le rendez-vous au village avec une journaliste qui n'existe pas n'était connu que de toi seul, ton téléphone a disparu, tu n'as plus de lien avec le monde extérieur et le monde extérieur n'a aucune information qui lui permettrait, le cas échéant, de venir te sauver. Tu en conclus que tu es mal embarqué et cette idée te paralyse.

Ils t'ont ligoté comme un cochon. Tu reconnais le fils du fermier voisin, dont tu as oublié le prénom. Le visage du second t'es familier également. S'agit-il de Sven ? Tu hésites avec Ben. Les deux s'affairent à peaufiner le travail ; ils vérifient que les liens sont solides, que la chaise se trouve au bon endroit, face au canapé. On dirait qu'ils aménagent le cabinet d'un psy ou d'un avocat, l'agencement des meubles destiné à favoriser les échanges humains. Tu te doutes que la réalité a une autre saveur et tout ceci te semble bien ironique. Sur ta main, une traînée de sang a séché doucement. Le long de ton cou entaillé glisse le liquide presque noir, dont l'odeur métallique te parvient faiblement. Tu observes Nikki aller et venir devant toi. Elle aussi cherche une manière d'ajuster l'espace. Physiquement, elle a changé. Ses cheveux châtains sont longs désormais, elle a vieilli, elle a maigri, ses mains bronzées le sont autant que son visage constellé de taches de rousseur. En l'observant, tu t'aperçois que tu ne t'es jamais demandé si tu la trouvais jolie. À l'époque où elle était ton amie, la séduction entre vous n'a jamais existé. En y repensant, te revient le fait qu'elle était plus qu'une amie : elle était cette sœur que tu aurais rêvé d'avoir et qui aurait rempli d'exaltation les vides laissés par nuées dans ton château des ombres.

— Ça va ? s'enquiert Sven.

— Besoin d'autre chose ? poursuit Pierrot.

— Non, ça m'a l'air bien.

D'un regard, Nikki encourage les deux autres à la rejoindre dans un coin, près de la porte et dans un aparté relatif, voix basse et dos tournés face à l'otage, elle murmure :

— Les autres, c'est à quelle heure ?

— Dix-huit heures. Tu as cinq heures devant toi, précise Pierrot. Fais comme tu veux : Tu es libre.

En retour, Nikki lui adresse un sourire. Sven lui prend la main, embrasse sa paume et lui souffle : « Courage. »

Chapitre 6

Ça ne s'est pas fait en une fois. Ce fut progressif. Chaque jour depuis la mort de Chance et plus encore depuis ta relaxe par le tribunal il m'a fallu tuer quelque chose en toi.

Graduellement j'ai grignoté ton intérieur, cherchant à l'envahir pour tenter de comprendre ce qui avait fait de l'enfant enthousiaste et chaleureux que tu étais, l'homme tragique que tu es devenu. De loin, je t'ai piraté comme un vulgaire logiciel. Je me suis renseigné sur toi, ta carrière de banquier, tes amis, tes habitudes, tes fréquentations, tes hobbies, je me suis transformée en détective, je t'ai suivi à la trace, à travers les réseaux sociaux, d'abord, ensuite je t'ai suivie dans les rues de Londres des jours durant, je savais où tu vivais, où tu travaillais, où habitait ta copine de l'époque, June, une mannequin hollandaise qui étudiait la photo, et tes meilleurs amis, Arnaud et Gaspard, l'un banquier comme toi, l'autre collectionneur d'art, je connaissais tes manies de fêtard prétentieux la semaine et de chasseur les week-ends, parfois tu montais à cheval dans les écuries du château de Windsor. Il t'arrivait de t'enfermer dans des pubs pour écrire. Je n'ai jamais su quoi.

Ma ténacité t'étonne ?

Après la mort de Chance et le départ de mes parents, j'ai engagé un assistant. Alvaro est catalan, il était rentré dans les ordres brièvement, avant de tout plaquer six mois plus tard, comme il était venu, un sac sur le dos et des bouquins dans un autre. Il cherchait à donner du sens à sa vie autrement et de fil en aiguille, sans pouvoir expliquer comment, il est arrivé chez moi. Il avait quarante-deux ans, j'en avais vingt-sept, il était heureux de travailler à mes côtés, il n'a jamais formulé la moindre exigence ni contesté quoique ce soit. Il habitait l'aile gauche du bâtiment principal, on ne dînait pas ensemble, on ne couchait pas ensemble, je le voyais rarement les week-ends, je savais qu'il priait le soir, je l'avais surpris à l'occasion au fond de l'étable, près des moutons. Le reste de sa vie m'était étranger. Je n'ai jamais posé de question, en retour il a fait pareil. Il ne m'a pas demandé pourquoi j'étais célibataire, pourquoi je n'avais pas d'enfant, pourquoi je travaillais seule dans cette ferme. Je n'aurais pas su quoi lui répondre. Il y a des parties de ma vie dont j'ignore, et les origines, et le fonctionnement.

Ces deux dernières années, j'ai passé plus de temps à essayer de percer ton mystère que le mien. Peut-être que ma démarche n'a aucun sens. Vouloir anéantir quelqu'un n'est pas un projet sensé. Deux ans m'ont été nécessaires. Pour me relever et ensuite respirer simplement, sans annexer à chacun de mes souffles le sentiment poisseux de ta trahison.

Je suis allée fouiller dans nos histoires de gamins à la ferme et j'ai exhumé petit à petit tout ce qui, potentiellement, aurait pu ressembler à un signe ou à une prémonition du drame à venir. Honnêtement je n'ai pas trouvé grand-chose. Rien, du moins, qui puisse expliquer ta terrifiante expédition.

Jusqu'à ce jour, je suis restée démunie, abandonnée par le sens, cardinal, de l'existence.

En cela, Abel, tu m'as tuée toi aussi.

Là, sous mes yeux, ton corps lié par les cordes et les attaches : on dirait un être-chaise sans bras ni jambe, dissout en lui, muré dans le silence. Je jouis de constater ton impuissance et ton corps tout rabougri en désordre. Tu es sur un chemin où la pensée ne peut se regarder en face, une nuit de jais, et à la fin, tes mains pleureront comme des fontaines.

Au-dessus de sa carcasse terrassée, ce soir-là, les nuages sont passés. Après la détonation qui m'a réveillée, j'ignore combien de temps il m'a fallu pour m'habiller, descendre les escaliers, enfiler une paire de bottes et un ciré, traverser la cour, quitter la ferme par la porte arrière et m'enfoncer dans le soir clair. La lune était pleine. Celle-là même qu'on avait menacée mille fois, brillait de son insolence.

J'ai approché les contours de la prairie ceinturée par une clôture électrique, dans l'air flottait une odeur de poudre, le lien avec l'explosion entendue précédemment m'a saisie. Un fusil, un pistolet. Pour quoi faire ? J'étais seule, il était tard et la peur est arrivée d'un coup. J'ai continué, pourtant, d'avancer vers l'endroit où je pensais avoir entendu la déflagration. Dix, quinze mètres plus loin, mes pieds plongés dans la fraîcheur de l'aube ont buté contre une masse noire, affleurant à quelques centimètres au-dessus de l'herbe et tout autour, une brume diffuse, la vapeur d'un corps encore chaud et ses yeux grands ouverts, tournés vers le ciel, un regard comme je n'en avais jamais vu, les deux grandes billes noires de Chance teintées de tristesse, comme si à l'instant dernier de sa belle existence, elle avait reconnu son assassin.

Des heures ont passé, moi tout allongée sur le grand corps tiède de la bête morte tandis que le soleil se levait, projetant sur la scène ignoble, du rouge se mêlant au vert. Et Pierrot est arrivé. Son cri horrifié m'a réveillée, je m'étais endormie tout contre l'animal, la mort collée à moi m'avait bercée jusqu'à perdre conscience.

Te rends-tu compte de ce que tu as laissé derrière toi ?

Le vide.

Tu as laissé le vide.

Tu es venu fouler mes terres et tu les as vidées. En un claquement, en une seule détonation, tu as aboli leur vitalité. Comme on joue aux dés. Exactement comme ça. En un seul coup.

Regarde-moi. Regarde-moi !

Chance a grandi. À présent, tu venais tous les week-ends. Nous passions de pleines journées ensemble. À la ferme, les activités étaient nombreuses, tu inventais la plupart, j'admirais ta capacité à mettre en scène la vie des animaux comme s'ils nous appartenaient un peu. On formait *une grande famille*, c'est ainsi que tu nous qualifiais. Cette idée d'appartenir à une entité créée par et pour nous deux me plaisait. Nous étions une sorte de couple parental mais sans l'amour à proprement parler. Jamais je n'ai éprouvé pour toi de sentiment amoureux. Avec du recul, il me semble étrange, d'ailleurs, d'avoir acquis la certitude, à cet âge peu avancé, que nos interactions étaient purement amicales, au point que je pensais pouvoir me balader avec toi dans le monde comme on s'y baladerait pour toujours, liés, sans obstacles devant, et hors de tout danger. Nous semions un désordre joyeux, nous effacions les lignes tracées, nous inventions des noms que l'on donnait à des objets qui n'existaient pas ou que nous détournions de leur fonction première, on se prenait pour les parents de ces bêtes qui dépendaient de nous, on se créait des foyers imaginaires, nos responsabilités étaient chimériques et nous avions, dans une dynamique semblable, comme des jumeaux, l'impression de compter pour quelque chose. Du haut de nos onze ans, nous prenions nos rêves très au sérieux.

C'est à cet âge-là que j'ai commencé à aider mes parents, à m'investir véritablement dans les tâches quotidiennes, celles qui m'étaient accessibles. En rentrant de l'école, mes devoirs faits, je délaissais ma chambre pour coloniser, peu avant dix-huit heures, le terrain fermier. À l'heure de la seconde traite, j'enfilais bottes et pantalon ciré et je parlais aux vaches comme si elles étaient mes patientes, à la manière d'une infirmière ou d'une psy, je leur posais des questions qui n'attendaient aucune réponse, j'analysais le mouvement de leurs mirettes roulant comme des agates en réponse à mes intonations ; leur façon d'interagir avec moi, de me répondre sans la parole. Chance, au premier rang de mes attentions, aimait ça ; je posais mon torse contre son flanc et relevais les bras par-dessus sa croupe. J'éprouvais ainsi et de plus en plus souvent l'impérieux besoin de me blottir contre son corps calme. Aujourd'hui encore, j'ai du mal à expliquer pourquoi et comment cette proximité à l'animal me procurait tant de bien, un sentiment énigmatique indéfinissable. Toi aussi, il t'arrivait de faire la même chose ; te coller à elle, levant les bras par-dessus sa croupe. Nous étions alors comme pendus à elle, observant son long cou blanc se tendre, Chance tournait la tête à droite, puis à gauche, elle offrait son museau en marque d'affection et nous y déposions chacun à notre tour, sur son groin humide, un baiser de gamin. Et de ces souvenirs-là, émane encore aujourd'hui, la sensation d'un espoir : celui de devenir des gens bien.

Nikki parle. Tu l'écoutes. Forcément que tu l'écoutes. C'est pas comme si tu avais le choix.

Elle parle et elle te fout les boules avec son ton moralisateur et ses histoires d'enfance qui n'en finissent pas. Comment se fait-il qu'elle se souvienne des choses avec autant de détails et de nuances tandis que tu as tout oublié ou presque ? Te reste le souvenir de Chance, bien sûr, son poil doux et son odeur de lait profond. Les jeux où les animaux constituaient des populations opprimées que vous aviez pour mission de sauver, la cabane, les champs à la tombée du jour en été, le foin partout, la sueur des corps animaux, parfois, tu t'adossais à eux pour reprendre ton souffle agile d'enfant à qui on ne cessait d'ordonner de se taire ou de bien faire. Tu aimais te réfugier dans cette ferme, y rester le plus longtemps possible, ce lieu comme une échappatoire aux interminables couloirs du château, taiseux et vides, à l'exception des commodes en chêne massif transpirant la naphtaline, posées à intervalles réguliers, entre deux fenêtres. Rester à la ferme le plus longtemps possible pour éviter les repas avec tes parents, tantôt muets, préoccupés ou tristes. Mais jamais légers, jamais joyeux. Rester à la ferme le plus longtemps possible pour accéder enfin à une enfance qui, chez toi, n'existait pas. Rester à la ferme le plus longtemps possible pour retrouver Nikki, camarade de confiance, sorte de palliatif à l'absence de ton frère envoyé dans un pensionnat anglais, et de l'autre…

Rester à la ferme pour disloquer ta solitude.

Tu saisis parfaitement la valeur du récit de Nikki et toute son importance.

Douleur à l'épaule, au dos et à ta joue droite partiellement pliée sous le Scotch.

Combien de temps vas-tu tenir ?

Chapitre 7

Parmi le troupeau de chèvres se trouvait un jeune mâle de quelques heures à peine, dont le museau était si finement dessiné que l'on eût dit qu'il portait une moustache. Bien droite, parfaitement tenue, une ligne épaisse de deux centimètres environ courait sur toute la longueur de sa lèvre supérieure. La veille du chevrotage, nous avions regardé *Autant en emporte le vent*, aussi, d'un commun accord, le chevreau fut baptisé Clark – ma mère, cinéphile enthousiaste, organisait des soirées familiales, durant lesquelles, projetés sur un grand écran fixé au mur de briques, nous regardions de vieux films qu'elle avait aimés plus jeune. Tu étais arrivé le lendemain, un vendredi soir, débarqué de la capitale où tu fréquentais un collège flamand, destiné en partie à l'élite francophone. La naissance de l'animal t'avait rendu fou de joie, tu avais demandé à ta mère de te déposer directement à la ferme, avant même de rejoindre le château. Je me rappelle précisément le bruit de la portière qui, tous les vendredis, annonçait ton retour, ce moment attendu où tu reprenais possession de mon quotidien solitaire d'enfant unique.

Ce soir-là, au-dessus de la cour, traînaient des hirondelles. En courant, tu m'as rejoint dans l'étable, le nouveau-né blanc et noir, debout sur ses pattes malhabiles, te fixait. Son regard était curieux, attiré par les gesticulations vastes que tes bras prodiguaient. L'air brassé, les mots lâchés dans le sillage de ton arrivée, il constatait pour la première fois de sa courte vie l'expression d'un joyeux bordel. Car tu avais la joie avec toi. Très vite, tu as remarqué sa moustache et sans prévenir, tu t'es mis à crier des mots étranges, insensés, bordés d'accent allemand imité grossièrement « *keine, freine, meine, gueine...* ». Pris dans cette imitation gênante, tu ne t'es rendu compte de rien. Mon père, plus loin, qui terminait de visser une planche, s'est retourné lorsque, dans un hurlement sec, tu as ajouté « *Heil Hitler !* ». D'un geste, il a jeté l'objet au sol, avec une violence que je ne lui connaissais pas. Il s'est approché de toi, t'a attrapé par le col, son poing serré entre tes deux épaules, il a soulevé ton corps qu'il a relâché aussitôt en beuglant plus fort encore « Tu dis plus jamais ça ! ». Il a fait trois pas en direction de la sortie, puis il s'est retourné, te balançant, le regard en feu « Ici, c'est chez moi ! ».

Et il est parti.

Clark s'était blotti contre le flanc maternel, la tête enfouie sous son cou. Le joyeux bordel avait viré au drame et je suis restée debout, bras ballants, les deux pieds noyés dans le foin. Pour toi, j'ai baissé les yeux, submergée par une honte affreuse rampant sur ma peau comme une fièvre vipère. Je tremblais, puis sans même t'adresser la moindre attention, je suis partie rejoindre la maison familiale.

Dix minutes plus tard, tu as poussé la porte de la cuisine. L'eau frémissante dansait dans la casserole, mon père était occupé à y verser le contenu d'un paquet de pâtes, en silence, tandis qu'à sa droite ma mère battait trois œufs à l'aide d'un fouet. Je me trouvais plus loin, assise sur une chaise, bien au fond, mes pieds touchaient à peine le sol, pendus au mépris, pour la première fois. Tu es entré, personne n'a daigné relever ta présence, en famille, comme un bloc, nous avons fait mine de t'ignorer. Malgré ça, tu es resté. Au bout d'un moment, tu as grimpé sur une chaise, et c'est ainsi, dans cette position, le corps délié, perché à soixante-dix centimètres du sol, un peu au-dessus de nous, que tu as demandé pardon.

Un long silence s'est installé et tu es descendu de la chaise. Puis sans hésitation, ma mère a dit : « Hitler pensait que la haine était un sentiment noble. Noble comme toi. »

Cette fois, tu as baissé les yeux.

« Reviens quand tu auras compris », mon père a vidé l'eau des pâtes dans la passoire et a annoncé qu'on passait à table. Le temps de poser la casserole, tu étais parti.

Tu aurais dû revenir de ton plein gré mais c'est moi qui suis venue te chercher. Trois semaines plus tard, un samedi, j'ai emprunté le chemin de terre qui longeait le bois d'Andrimont et j'ai marché jusqu'au château. J'ai franchi le porche et je suis entrée dans la cour en cercle, flanquée en son milieu d'un parterre d'herbe tondue proprement, bordé de fleurs. Elle s'y trouvait là, accroupie, en Tod's miel et jean carotte. Des bracelets garnis d'amulettes à ses poignets, ta mère binait la terre dans un bruit de breloques.

Je m'en suis approchée avec précaution, comme d'un animal sauvage. Elle a levé la tête, m'a regardée un long moment, son regard surpris était mêlé à une douceur que je n'attendais pas, elle a pris quelques secondes pour tenter de se rappeler qui j'étais.

— Coucou, demoiselle.

Mon prénom ne lui est jamais revenu.

— Bonjour, madame. Je cherche Abel.

Abel... le mot a sonné dans sa bouche comme si elle avait besoin de confirmer brièvement qu'il s'agissait bien de son fils.

— Tu sais d'où vient son prénom ?

— De nulle part.

— De la Genèse ! a-t-elle précisé, agacée.

— Sauf qu'en vrai, il s'appelle Abélard.

Comment ai-je même osé lui répondre ? Olivia a relevé la tête, surprise par ma riposte immédiate. Une moue déconcertée a envahi son visage, sa peau a dessiné de fines lignes au coin de ses yeux, elle avait l'air d'une enfant contrariée. Je l'ai observée en silence, son long corps mince posé sur l'herbe comme un roseau, elle a passé ses doigts dans ses cheveux coupés court, puis elle s'est approchée de moi, en ajoutant :

— Abel... Celui des deux qui ne trahit jamais.

Je me souviens d'avoir pensé qu'elle disait vrai. Et ce matin-là, face à elle, encore plus qu'un autre jour, j'ai ressenti une grande fierté à être ton amie. Ensuite, ta mère m'a souri et cette fausse joie, tout étirée d'une commissure à l'autre, m'a remplie d'une inquiétude qu'encore aujourd'hui, je ne saurais qualifier. Elle ignorait mon prénom mais je sentais que j'avais gagné sa considération. Et pourtant…

— Ici, mon mari et moi on t'appelle son « amie des champs ». C'est joli, non ?

L'automne, par endroits, apporte des souris. L'une d'elles s'est mise à trottiner devant moi, ses minuscules pattes mues pas l'urgence de nous fuir, ta mère et moi. Courageuse, elle a traversé le lopin d'herbe de part en part, puis elle a disparu derrière un muret. J'aurais voulu la rejoindre et m'y cacher pour toujours.

La comtesse se baissa, un genou fléchi posé contre le carton sali d'une caisse démembrée, elle se remit à biner et m'envoya te chercher dans « la salle de jeux ». J'ai erré dans le château de longues minutes, tâchant de me rappeler les consignes reçues pour m'orienter sans mal jusqu'à destination. Devant moi, le hall était vaste, au sol des carreaux de marbre blancs et noirs dessinaient un grand échiquier, dans un coin deux fauteuils laqués dorés, tapissés d'une toile de Jouy étaient posés sur un carré de laine bouclée couleur taupe. Plus loin, j'ai emprunté un couloir où l'air était tiède. Tous les trois mètres, à intervalles réguliers, brillait la lumière d'une fenêtre. En haut d'un escalier large, revêtu en son centre d'une bande de tapis dont les côtés, sertis de baguettes métalliques, étaient rivés au bois, j'ai tourné à droite. Un autre couloir, éclairé cette fois par deux lustres imposants, courait sur une dizaine de mètres et débouchait sur une porte entrouverte d'où s'échappaient les éclats d'une voix. En jouant seul, tu faisais vivre des personnages, quelques Playmobils disposés sur le sol, je me suis approchée et sans rien dire, t'observant les manipuler avec soin, leur attribuer des propos, une trajectoire, un objectif, tout cela m'a apaisée.

— Salut.

— Salut.

— Ça va ?

D'un mouvement de la tête tu m'as fait comprendre que non. Du haut de tes treize ans, tu m'as regardée, plein d'un malaise que je ne te connaissais pas et tu as soufflé assez fort, comme une tempête, ces mots que je n'ai pas oubliés : « Je suis déçu d'être moi. »

Je suis restée sans rien dire, incapable de bouger. Sous tes doigts, le pompier en plastique conduisait en zigzag un camion flanqué sur son toit d'une échelle de secours, d'une petite voix tu as soufflé « pin-pon pin-pon » et je n'ai pas pu résister ; je me suis approchée et j'ai posé sur ton épaule une main que je voulais réconfortante. Aussi surpris que gêné, tu as frissonné.

— Comment va Clark ? Et Chance ?

— Tu leur manques, patate.

Alors, tu t'es levé, le sourire aux lèvres et on a quitté la pièce. Dans le couloir, tu marchais d'un pas affirmé, je t'ai suivi sans poser de question. Nous sommes montés à l'étage, configuré à l'identique ; un long couloir et des portes de part et d'autre. Il y en avait des dizaines.

— Tu connais toutes les pièces ?

Tu as éclaté de rire.

— Toutes les pièces !

— Tu sais ce qui se trouve derrière chaque porte ?

Tu as ouvert la première, en précisant d'un ton péremptoire : « La chambre de Léon ! » Bien astiqué, le lieu, vaste, était frappé d'un rayon de soleil qui traversait le carreau et emportait avec lui une traînée de poussière scintillante.

« Il a dix-neuf ans. Il étudie à NYU », que tu as prononcé *ène-why-you*, comme si j'étais supposée savoir de quoi il s'agissait. « Tu connais pas ? » Penaude, j'ai bredouillé que non et tu as simplement haussé les épaules.

— On s'en fout, c'est un con.

— Pourquoi ?

— Parce qu'il est jamais là.

— Pourquoi vous étudiez dans des endroits avec des noms bizarres ?

— Parce que c'est ça le *deal*.

— Le *deal* de quoi ?

— D'aller à l'étranger. C'est plus chic.

— Ah bon ?

— Why-gna-gna c'est plus chic ?

— Carrément gna-gna !

De longues secondes, on a ri comme des idiots, répété la boucle plusieurs fois, ri de plus belle et c'était bon.

— Moi j'étudierai près d'ici, as-tu précisé aussitôt.

— Moi aussi. On étudiera ensemble.

— Solidarité !

Je n'ai pas saisi, à cet instant-là, la portée de ce mot, mais tu avais l'air de savoir ce que tu disais, inconscient que tes propos trahiraient bientôt une vérité tragique mêlée de cynisme, mais qui, sur le moment, sembla nous rassurer. On a quitté la chambre de Léon, viré à gauche, continué à bouffer des mètres de couloir. De l'index, tu as désigné la porte suivante, « salle de bain », et dans le couloir ensuite, on a marché vingt mètres au moins, pris à droite, entamé un autre couloir, plus étroit, et soudain, tu as soulevé un morceau de tapis, le coin râpé d'une moquette coincée sous l'embrasure de la porte où se trouvait une clé. Laquelle t'as servi à ouvrir une porte, peinte en vert.

À l'intérieur, une autre chambre, mêmes dimensions, même lumière gorgée de particules dorées, rangée à la perfection où flottait une odeur de vacances mêlée d'humidité. Et, sur la table de chevet, quelques livres posés là.

— Ici c'est chez Igor.

— Parti étudié à Gna-gna aussi ?

Tu as secoué la tête.

— Parti tout court.

Tu avais un frère, à l'occasion tu m'en avais parlé brièvement, des phrases énigmatiques ou des allusions courtes à son absence, à votre différence d'âge, tu te sentais enfant unique, je ne l'ignorais pas. Pour autant, le prénom Igor ne m'évoquait rien.

— C'est qui ?

— Mon frère.

— T'as deux frères ?

— J'avais deux frères. Lui, il est mort y a neuf ans.

Tu t'es assis sur le lit de feu ton aîné, dans le coin de la pièce, sous trois affiches de Christina Aguilera punaisées au mur et dont les coins abîmés apparaissaient comme les reliques d'un temps achevé. Ainsi placé, tes mains croisées sur tes cuisses, ton visage soudain livide semblait se fondre dans le mur blanc derrière toi. Il restait des bibelots d'adolescent sur le bureau en chêne face à la fenêtre qui donnait sur le parc, deux paires de baskets se trouvaient alignées sous le radiateur. Logés dans la bibliothèque, une stéréo d'un autre siècle et autant de CD demeuraient posés là, aux confins du château, comme les témoins oubliés d'une époque endormie.

— Il est mort de quoi ?

— Méningite bactérienne.

— C'est quoi ?

— Une infection du cerveau.
— T'es triste ?
— Non. Mais je suis le seul. Et ça, c'est triste.

Chapitre 8

Je pense souvent à la violence. La vie des vaches n'est pas violente, sauf à terminer, sous la main de l'homme, en steak ou en boulettes.

Nous, les êtres humains, sommes des gens brutaux. On parle, on marche, on pense et de la même manière on assassine, on blesse, on viole, depuis la nuit des temps. Pourtant, on essaie de progresser, d'une génération à l'autre, on fait mieux. Au Moyen Âge, j'aurais sans doute été ta bonne ou ta putain, à la Renaissance aussi, mon père aurait décrotté les bottes du tien, ma mère aurait été ta nourrice et moi ton invisible sœur de lait que tu aurais attrapée sous un porche à l'adolescence sans même me reconnaître. Au début du siècle, papa aurait travaillé à l'usine, en bas du château, une fois par an, le tien serait passé saluer d'une main paternaliste la plèbe au travail, et ma mère aurait été engagée comme lavandière par ta gouvernante en chef. Peut-être aurait-elle été violée au détour d'un couloir par un majordome ou molestée dans le cellier par le chef cuisinier. Et mon père, apprenant la chose, par vengeance ou déshonneur, aurait essayé de le supprimer, mais il aurait raté son coup et fini au cachot parce que mon père, même par vengeance ou déshonneur, est incapable de tuer.

J'ai cru cela de toi aussi. À vrai dire, la question ne s'était jamais posée. Je ne me suis jamais dit « Abel pourrait tuer ». Ce doute-là, chevillé au cœur, chez moi, n'a pas existé.

Je me suis trompée.

Tu n'as jamais eu à défendre ta famille, ta maison, à t'enfuir pour mettre les tiens à l'abri. Tu n'as connu ni la guerre ni la famine, personne ne t'a menacé, ni toi ni tes parents.

Mais, elle, tu l'as tuée.

Tu as assassiné l'incarnation la plus incontestable de la douceur et de la fidélité.

Tu as buté l'irréprochable.

La candeur.

La beauté.

Cela fait-il de toi un monstre ?

Quelques jours après la découverte, dans le même temps, et de l'existence et de la mort d'Igor de Hesbaye, je fus prise d'une sorte de malaise.

Dans la cuisine de la ferme, mon père dénoyautait sur une planche en bois des abricots tout frais, cueillis du jour. Il en faisait des compotes délicieuses, « connues bien au-delà des frontières du hameau », se plaisait-il à raconter, comme si la boutade avait la moindre chance de trouver un écho favorable chez une ado de mon âge.

J'ai soupiré.

Dans la foulée, il a ri, m'invitant à l'aider, « y a de la menthe dans le frigo » et je me suis approchée de lui en hésitant ; je n'étais pas venue dans la cuisine par hasard, je portais depuis ma visite au château une information fragile, dont je ne mesurais pas véritablement la portée et j'espérais que mon père, ainsi plongé dans une activité de loisir et de détente, saurait apaiser mon doute.

— Tu savais qu'Abel a perdu son frère aîné ?

Mon père a posé son couteau et m'a regardé, étonné

— Oui. Pourquoi ?

— Il m'en a jamais parlé.

— C'est pas un sujet facile.

— Une infection du cerveau, ça s'attrape comment ?

— Un virus.

— Et un virus, ça s'attrape comment ?

— La plupart du temps on ne sait pas.

— Pourquoi moi j'ai pas de frère ou de sœur ?

Avec douceur, mon père s'est approché de moi et m'a enlacée.

— Tu as les animaux.

Chapitre 9

Un matin de février, par-dessus sa toile grise, le ciel bavait des filaments mauves. Tu es arrivé à la ferme à vélo, un modèle cross-country aux roues épaisses maculées de boue, le bas de ton pantalon taché jusqu'aux genoux. Tes cheveux hirsutes qui rehaussaient ton visage poupon aux joues rougies par le froid disaient ta joie d'être là. Tu as jeté ton vélo sur les pavés au milieu de la cour et aussitôt ma mère t'a tancé : « Dis donc, jeune homme, quand on a la chance d'avoir un beau vélo comme ça, on en prend soin ! »

Tu as lâché un sourire gêné dans sa direction et tu es retourné sur tes pas pour relever l'engin en le posant proprement contre le muret. Tout le long, ma mère t'a observé, attendrie par la manière très convenable avec laquelle tu obtempérais. Parfois, elle aimait bien te reprendre, comme pour s'arroger la satisfaction de parfaire encore ta bonne éducation.

Ta famille appartenait à la grande Histoire, tandis que la mienne glissait comme un filet d'eau entre les pierres d'une rivière anonyme.

Ce matin-là, tu as couru à l'étable, ton cœur dans ta poitrine sautait comme une balle. L'idée de revoir les animaux te remplissait de joie. Les vaches, rassemblées sous l'auvent broutaient le foin tranquillement. À leur abreuvoir, elles se désaltéraient. Elles étaient heureuses en mangeant, elles étaient heureuses en buvant, elles avaient le sourire aux sabots. Tout était réel et précis. Et nous étions pareils, toi et moi, deux jeunes candides convaincus que la nature et tout ce qu'elle produisait était une sorte d'être humain qui nous tendait la main et nous proposait sans cesse d'être son amie. Ainsi, à hauteur de gamins, nous pensions qu'à notre image, les arbres, les fleurs, les pierres espéraient, réfléchissaient, riaient, pleuraient.

— Et les ruisseaux, tu penses qu'ils pleurent aussi ? enchaînas-tu en pouffant de rire.

— T'es con.

— Et les animaux ?

— Les animaux, c'est sûr ! On les appelle « nos meilleurs amis », c'est pas pour rien. Et les gens veulent des amis. Des meilleurs amis. C'est comme ça que ça se passe.

— J'étais la tienne, m'as-tu précisé.

Ta meilleure amie.

C'est ainsi qu'au fil de ces conversations, tu t'es mis à suggérer qu'un jour, j'allais reprendre la ferme. Tu l'affirmais, bien avant que dans ma tête, l'hypothèse n'existe. Des centaines de fois, j'ai répondu : « Non, t'es malade, je serai avocate. » Avocate, c'était une vocation urbaine, rationnelle, cadrée, les gens du métier développaient des stratégies, rédigeaient des argumentaires, plaidaient dans un prétoire, aux antipodes de mon quotidien, mais cette idée-là, à l'époque, me plaisait. J'appréciais de plus en plus mon environnement, il m'arrivait même de l'aimer sincèrement, dans tous les cas j'y étais attachée, pour autant, je m'interdisais encore d'y accéder franchement.

Et toi, tu souriais.

Je suivais tes sourires en souriant aussi, je te suivais entre tes sourires, je marchais dans tes pas et dans tes sourires, je me perdais à quelques mètres derrière toi, derrière tes sourires que je laissais filer au-devant, à travers les dédales de la ferme, j'approuvais tes initiatives sans les questionner, j'étais la disciple de tes empressements à goûter tout, entre les murs de chez moi, à tes côtés, le spectacle de la vie était une épopée.

C'est toi, le premier, qui a supplié mes parents de ne pas envoyer Chance à l'abattoir. À l'époque, ils avaient atteint leur quota de vaches laitières et la filière du veau étant tout aussi rentable, la question, quasi protocolaire, de garder l'animal, âgé de huit mois, ne se posa pas. Mon père nous avisa aimablement l'un et l'autre que la ferme n'étant ni une pension ni un zoo, Chance partirait donc la semaine suivante. En guise de consolation, il nous invita à ne pas assister à son départ. « Les mecs qui débarquent en surchaussures en plastique et combinaisons bleues, c'est vrai que c'est pas très agréable », précisa-t-il. Tu t'étais renseigné sur Internet, « abattage des veaux », et tu m'avais parlé d'une réalité que j'ignorais complètement. J'ai pleuré pendant trois jours entiers, durant lesquels je fus incapable d'aller voir Chance, de la regarder dans les yeux, de la caresser avec sous la main, la promesse d'une mort prochaine. Tu étais comme moi, tétanisé. Et je me souviens d'avoir erré comme une âme pitoyable à qui on venait d'ôter sa dernière humanité. Tu es reparti à Bruxelles et je suis restée seule, la réalité brute érigée face à moi comme une hydre terrifiante, je n'osais plus aller nulle part, pendant trois jours, je n'ai ni dormi ni mangé, je ne pouvais pas imaginer que le métier de mes parents, celui-là même qui me nourrissait, me payait vêtements et loisirs, prêtait aussi le flanc à l'inconcevable. J'avais onze ans et je pensais à toutes ces bêtes qui ne cesseraient de naître et d'exister et à la mort desquelles je devrais désormais m'habituer.

Je n'étais pas prête.

Le quatrième jour, ma décision fut prise. À l'heure du petit déjeuner, ma mère lisait le journal et mon père remplissait des formulaires de commande. J'ai pris le pain, je l'ai rompu, j'ai étalé le beurre salé dessus, comme tous les matins, j'y ai ajouté de la confiture et à la première bouchée, j'ai dit :

— Si vous l'envoyez à l'abattoir, je me casse.

Ma mère a levé les yeux par-dessus la double page de son journal.

— Pardon ?

— Je me suis renseignée, je sais ce qu'on leur fait ; on leur défonce le cerveau juste avant pour leur faire perdre connaissance et après, de leurs bouches entrouvertes, pendent leurs langues.

— Je n'ai jamais été vérifier dans le détail.

— Eh bien, tu devrais ! C'est Chance qui m'a donné envie de vivre ici. Pas vous, elle !

— Qu'est-ce qu'Abel t'a encore fourré dans le crâne ? a soupiré mon père.

— Tu m'as dit que les animaux étaient mes frères et sœurs. Et on ne tue pas ses propres enfants, si ?

— Nikki !

Mon père s'est levé d'un coup, faisant valser derrière lui la chaise en bois sur laquelle il était assis.

— Tu dis n'importe quoi !

Papa a quitté la pièce. Il est revenu deux minutes plus tard, déployant face à moi son mètre quatre-vingt-cinq, tout en hauteur, il a posé ses deux mains bien ouvertes sur la table, tête baissée vers le sol, il devait, je pense, regarder ses pieds. Je m'étais assise, recroquevillée dans un coin, j'avais abattu mes dernières cartes, mon désarroi exprimé, j'avais la sensation que tout se dérobait à moi, les prochains jours me semblaient invivables, la perspective de la mort de Chance dessinait les courbes lentes de ma peur et de ma solitude. Car tu n'étais pas là. Mon père a pris une courte respiration, il a tiré ses épaules en arrière, la nuque relevée, il m'a fixée, il y avait de la tranquillité dans son regard, et une tache dans chacun de ses yeux ; l'une de silence, l'autre de bonté.

— OK. On garde Chance.

Ces mots de mon père furent les premiers coups d'aile de ma libération.

Chapitre 10

Tuer, c'est mal. Les meurtriers ou les assassins sont des psychotiques, des sociopathes ou des embrigadés. Dans les films ou les romans, ils sont rarement décrits comme des êtres débordant de vie. On connaît peu leur famille, on ignore leurs goûts vestimentaires, leurs hobbies. Ont-ils des amis ? des allergies ? des convictions politiques, des histoires d'amour ? Qui a jamais vu un tueur à gages vider son lave-vaisselle ?

C'est beaucoup plus compliqué qu'on ne le pense de tuer quelqu'un. Curieusement, c'est aussi beaucoup plus facile.

La difficulté c'est l'acte mental. Faire abstraction des constructions sociétales, de l'environnement, de la famille, de la morale, de tout ce qui fabrique des limites, des barrières, des parapets. Il faut s'en affranchir, passer outre. Mais quand tu parviens à dépasser tout *ça*…

Alors…

Le jour où j'ai commencé à envisager la manière dont j'allais te faire payer la mort de Chance, j'ai été prise de vertiges. J'ai cessé de dormir, j'ai cessé de manger. Pendant une semaine, j'ai réduit mon corps et mon esprit à néant. L'idée même de te faire subir ce que tu avais infligé à notre vache m'a terrassée. C'est un projet pharaonique que d'ôter la vie à quelqu'un. Quasi divin. Car intrinsèquement inhumain. À la place, j'aurais voulu avoir le projet d'arroser des plantes ou de regarder cent films d'affilée.

Et puis, c'est comme pour tout, on s'habitue. « Il existe autant de langues que de gens. » J'ai repensé à la phrase de cette psychologue que mes parents m'avaient obligée à consulter l'année de mes huit ans, lorsque l'école les avait contactés pour leur rapporter qu'à la question « Quel est le métier de tes parents ? » J'avais répondu « Morts ». Peut-être que mon jargon à moi consistait déjà à répondre à la violence par la violence ?

Juste après le procès, j'ai voulu savoir ce que tu étais devenu. À quoi ressemblait exactement ta vie à Londres. Tu avais été jugé et acquitté, la loi étant ce qu'elle était, je n'ai eu d'autre idée à l'époque que d'essayer, pour éponger ma colère et mon chagrin, de comprendre ce qui, définitivement, m'échappait.

Quel genre de personne étais-tu devenue, capable de tuer une vache ? Et Chance en particulier ?

Xénia, la tante de Sven, travaillait au château comme gouvernante, elle avait la confiance de ta mère qu'elle connaissait depuis des années, elle vous avait vu grandir, ton frère aîné et toi, et par la suite, elle avait toujours eu une espèce d'intérêt particulier à s'intéresser à la noble famille mieux dotée que la sienne, qui donnait lieu à des fantasmes. Toi, le petit comte, si mignon, tu étais devenu banquier d'affaires et flingueur de bovins. Dans un pays agricole, ça passait mal et ça posait question.

Alors, la fidélité de Xénia s'est étiolée et de confidente elle est devenue renégate. Elle s'est mise à fouiller dans les papiers de la comtesse d'abord et puis dans les papiers tout court, ceux de l'administration familiale, classés dans des dossiers, rangés sur des étagères, dans le bureau d'Henri. Elle me transmettait des informations à ton sujet que je ne lui demandais pas, mais qu'elle savait pouvoir m'être utiles, et, peu à peu, ta vie, tel un plan, s'est dessinée. Ainsi, j'ai appris où tu vivais, où tu travaillais. Sous mes yeux, des ramifications ; la ville de Londres en toile de fond, je plantais au mur des épingles comme le font les enquêteurs dans les séries, je cherchais à savoir où te trouver, quand t'y trouver. J'avais besoin de contrôler ton existence, quelle qu'elle fût, de prendre l'ascendant sur ta vie.

Dans l'existence, il y a quelque chose d'effroyable, c'est que tout le monde a ses raisons.

En fouillant ta vie anglaise, j'ai tenté de comprendre quelles étaient les tiennes. Quelles étaient tes raisons de t'attaquer ainsi, dans une rafale de violence inouïe, à une vache ?

Un beau jour, j'y suis allée. J'ai confié les rênes de la ferme à Alvaro, pris l'Eurostar et je suis arrivée à Saint-Pancras dans cette ville qui m'était totalement inconnue. Partir aussi loin, aussi longtemps ne m'était jamais arrivé. Je me souviens du double sentiment éprouvé de me trouver à la fois exactement à l'endroit où je souhaitais être, tout en me sentant honteuse de me déplacer *pour toi.* Une aventure fantasque et terrifiante, en quelques points pareille à ces jeux qu'on s'inventait à la ferme des années plus tôt, des chasses au trésor ou des prises de Bastille entre les clapiers et le poulailler. Les animaux constituaient les populations opprimées que l'on avait pour mission de sauver, et d'autres fois, au contraire, nous les inventions tortionnaires, une sorte de gang mafieux, que l'on tentait, au terme de négociations diverses, de faire revenir à la raison.

Te suivre à la trace dans Londres, c'était me rapprocher de toi en espérant briser les ténèbres. J'aspirais à découvrir ce qui échappait à ma raison et qui pourrait m'apaiser.

Quelque part un couvercle posé sur une béance.

Quelque part un cœur meurtri, une enfance bâclée, une plaie à nu qui dirait tes raisons.

Pendant quatre jours, j'ai ouvert l'œil et marché dans tes pas.

Au préalable, j'avais poussé loin mes investigations en fouillant tes réseaux sociaux, ceux de tes amis et de ta famille.

C'est ainsi que j'ai découvert ton bureau vitré dans une banque de la City, ton appartement sur Ladbroke Grove, au quatrième étage d'un immeuble victorien immaculé, porte noire à digicode. J'ai trouvé des bars irlandais et des restaurants cuistres où j'ai pris place en fond de salle, aussi discrètement que possible, observant de mon œil en boule de neige, tes collègues, tes amis. Tes amies aussi. Ces femmes que tu saisissais par la taille et par surprise, que tu embrassais dans le cou ensuite, un cou et puis l'autre, une ribambelle de cous embrassés et de tailles prises. De loin je t'observais et la nausée me venait. Sous le regard des autres, fier de toi, tu lançais des petites médailles en l'air, jonglant avec ces trophées imaginaires que tu t'attribuais à toi-même, puis, d'un œil nonchalant, tu les regardais tomber et les écrasais sur le sol ensuite, sous la semelle de ton talon, comme des mégots décharnés. Ta vie n'était qu'actions d'éclat et bruits. Et souvent, au milieu des conversations, ta bouche qui se taisait, comme pour retenir l'essentiel : tu étais un assassin en mocassins, un tortionnaire à la chevelure molle, mais, toujours, en plein déni, tu pensais être un mec bien.

Le deuxième soir, tu es arrivé au Connaught, le même pub que la veille, à la même heure – Xénia m'avait prévenue ; « il a ses habitudes et n'en change jamais ». J'y étais un peu avant toi, j'avais pris place à l'extrémité droite du bar, avec vue sur une table dont j'avais compris qu'elle était *la tienne*. Ce soir-là, pourtant, elle était occupée par un groupe et quand tu es entré, cette vision t'a contrarié. Tu as alpagué un serveur et lui as signifié ton mécontentement, ton corps tendu était rempli de colère. Tu t'es approché du bar. Au bout de quelques secondes, tu es retourné le voir. Plateau chargé, posé sur la paume de sa main gauche, dévolu à une autre commande et inapte à s'occuper de toi dans l'instant, il t'a fait signe de patienter. Tu as foncé vers la table, et tes paupières rougeoyantes ont craché sur ces gens un regard furax. Tu leur as ordonné de changer de place mais ils ont refusé, considérant qu'ils n'avaient pas à t'obéir. Le serveur est revenu. Il a tenté en vain d'apaiser ta frustration. Tu as éclaté, tes mots hurlés se sont perdus, chavirés dans une géante absurdité. Tout est devenu flou sous mes yeux, et la scène, grotesque, s'est étirée comme une marée létale. La destruction semblait ton unique langage et j'ai pensé, en te voyant, que tu avais tombé le masque. Face à toi, la jeune femme qui t'accompagnait, chemise jaune, cheveux roux longs et ondulés, semblait désemparée. Elle a tenté de te calmer, une main douce posée sur ton épaule et quelques mots amènes. Ça ne t'a pas plu qu'elle intervienne. Tu as attrapé son poignet d'un geste brusque et l'as tirée vers la sortie. Je pouvais observer, par la fenêtre, ton regain de furie tomber sur elle. Elle était accablée. Toujours par le bras, tu la maintenais fermement, la forçant à traverser la rue à tes côtés jusqu'à ta voiture garée sur le trottoir d'en face, dans laquelle, tu la jetas.

Le monde est vaste, Londres aussi. Loin de la ferme, loin de ton château, je t'ai regardé porter trop grand le manteau familial, c'était la nuit profonde dans ton regard, ton œil toisait les autres autour de toi, à l'évidence tu cherchais quelque chose à fuir. Déjà ton naufrage, Abel. Je t'avais connu avec un arbre dans le cœur, je te retrouvais les mains menaçantes, plongées dans une autorité glaciale.

Peut-être étais-je venue à Londres pour te protéger ? Peut-être y avais-je, inconsciemment, vu l'occasion de te préserver encore, de t'offrir une cause, un combat. J'aurais été celle qui, à l'arrache, aurait tenté d'éclairer ton obscurité, toi l'homme désespéré, pétrifié par lui-même, qui, au fond, ne savait pas pour qui ou pour quoi il fallait vivre.

Ou alors.

Peut-être étais-je venue à Londres pour y récolter le moindre indice de ton abyssale connerie. Pour me convaincre que tu n'étais plus rien. Pour alléger un peu ma culpabilité à fomenter le plan d'un jour te tuer.

J'ignore pourquoi je suis allée te traquer à Londres et ce que j'en ai retiré.

Depuis que tu as tué Chance, le chagrin se lève chaque matin, quelques secondes avant moi.

Alors aujourd'hui, je viens t'expliquer pour qui ou pour quoi tu dois mourir.

Nikki te regarde avec des yeux puissants, presque transparents, peut-être vas-tu finir par disparaître en eux ? Peut-être est-il temps de croire ce qu'elle te dit et d'avoir peur ?

Si tu étais honnête, tu te rappellerais à quel point tu n'as jamais cessé de te sentir supérieur à elle. Même petit. Tu te souviendrais de ce sentiment aux arrière-postes que tu refoulais sans cesse, qui ressemblait à un nuage d'orage planant au-dessus de vous. Penses-tu qu'elle ne s'est rendu compte de rien ? La vérité c'est que les gens savent. Les gens qu'on aime encore plus.

En tout, Abélard de Hesbaye, tu étais plus fort qu'elle.

Bien sûr que tu l'étais. N'en déplaise à ceux qui croient, naïvement, que l'égalité est un droit.

Chapitre 11

Souviens-toi de l'année de nos quatorze ans ; comme toutes les vaches laitières de la ferme, Chance a été inséminée. Mes parents, aux affaires, avaient investi récemment dans du matériel de haute technologie, des caméras de vidéosurveillance détectaient les animaux blessés, leurs chaleurs ou annonçaient le début d'une mise bas. Ils passaient des heures à appuyer sur des boutons et à observer des images de leurs bêtes qui, pourtant, vivaient à vingt mètres d'eux. Ils prétendaient que ça leur permettait de gagner du temps et de se concentrer sur *autre chose*. J'ai compris plus tard que, acculés par les banques, ils avaient investi pour rembourser leurs emprunts. Le cercle vicieux atteignait son paroxysme. Il fallait produire plus. De viande, de lait, de maïs, de luzerne. À partir de là, ils trimèrent doublement mais l'affectation de leur labeur demeura floue. C'est comme s'ils ne comprenaient plus, l'un et l'autre, pourquoi ils faisaient les choses et qu'ils en avaient perdu le goût, aussi. Je sentais se cristalliser entre eux certaines questions qui, par le passé, auraient semblé légères, presque insouciantes. Peu à peu, une épée s'est mise à danser effrontément au-dessus de leur tête, quelque chose comme un décompte s'est fait entendre, sourdement, dans un premier temps, de plus en plus fort ensuite. Se sentant vulnérables, ils avaient choisi d'ignorer la réalité. Ils conservaient leur sang-froid, prétendaient que tout allait bien. Je les voyais vieillir d'un coup, dans l'air flottait une tension, mais toujours, mes parents durcissaient l'armure.

Lorsque j'ai repris la gestion de la ferme, six ans plus tard, paradoxalement, sa comptabilité désastreuse fut ma bénédiction et je décidai de tout changer. Avec simplicité et obligeance, il fallait faire les choses mieux. J'étais naïve sans doute, baignée dans le narratif d'une perfection que j'avais commencé à écrire des années plus tôt ; je me demande si notre premier combat, celui qui consista à sauver Chance de l'abattoir n'était pas déjà l'illustration d'une certaine idée fixe qui me poussait à paraître exemplaire – le métier d'éleveuse réduit à sa dimension humaine et rien que ça – la gentille petite fille devenue gentille fermière, attentive et proprement élevée que, des années plus tard, je fais ici, volontairement, voler en éclats.

Mais c'est une autre histoire qui ne te concerne pas.

Je reviens en arrière, là où mon insouciance me donnait à rêver, où chaque matin était toujours le premier du monde, cette année de mes quatorze ans, durant laquelle je me suis éloignée des copains de l'école qui vivaient en ville. Ces adolescents-là avaient besoin de mots, de paroles et d'images, j'avais besoin de toucher des pelages beurrés, de sentir la chaleur des chairs, l'empreinte des corps animaux dans la paille et la fêlure froide des heures d'hiver. Mes activités étaient ailleurs, étrangères aux gamins de mon âge. J'en avais de plus en plus conscience, j'étais dédiée aux bêtes et à elles seules ; deux fois par jour, je les abreuvais, j'enlevais à la main les bouses et le fumier, je changeais le foin qui leur servait de couche. Et le week-end, tu m'accompagnais. Tu arrivais chez moi et instantanément, tes yeux rentraient dans les miens. Ce furent les moments les plus lumineux de ma vie, où tout venait sans peine à notre rencontre.

Chance fut inséminée pour la troisième fois cette année-là. Elle mit bas, seule, une nuit du mois d'août, à l'heure où la lune se penche sur les marécages. Au petit matin, un veau rosé dormait contre son flanc. Il téta le colostrum quelques heures et dans l'après-midi, on le sépara de sa mère pour l'emmener dans un box individuel, le nourrir au biberon deux jours encore et puis, progressivement, lui apprendre à boire au seau le lait des autres vaches, dont la quantité était ensuite diminuée pour le remplacer par la nourriture solide. Au bout de trois semaines, classiquement, les femelles, gardées à la ferme, débutaient leur carrière de vaches laitières. Cependant, lorsque le cheptel de laitières était déjà complet, elles rejoignaient alors les mâles et étaient vendues à des marchands, qui les engraissaient dans des centres avant la mise à l'abattoir. C'était ainsi qu'Anne et Jean procédaient.

Toi et moi détestions ce moment où il s'agissait de séparer le veau de sa mère, quarante-huit heures à peine après sa naissance. Ces jours-là, nous rêvions d'enfoncer nos têtes sous une terre amère que nous aurions vomie ensuite. Nous haïssions mes parents. Nous prenions ce rôle très à cœur et parce que nous étions deux, je me sentais forte à la cause. À la fin du week-end pourtant, tu es reparti à Bruxelles et je suis restée seule avec la vie qui continuait, semblant se foutre de mon triste état. Ma mère me disait qu'en grandissant je comprendrais et que je ne pouvais pas vouloir d'un ciel sans ses orages. Je lui répondais qu'une fois grande, je serais mère à mon tour et j'arrêtais là ma phrase, je ne disais plus rien, en espérant qu'à l'intérieur de ce silence, son cœur brûle.

Mais ce qui se passa avec Chance, cette fois-là, changea ma vie pour toujours.

Elle mit bas, on la sépara de son veau et le lendemain, mes parents constatèrent qu'elle ne produisait plus de lait.

Chapitre 12

Je parle, je parle. Parce que, de notre passé commun, je ne sais rien faire d'autre que des phrases. Je lance des mots contre toi. Et à cet instant même où ils percutent ta face, tes yeux aveugles, tes oreilles sourdes, ils se transforment, je le sens bien, en un vide béant. J'aurai beau hurler à m'en déchirer les cordes vocales, avant de t'atteindre, mes cris disparaîtront toujours.

Tu as abusé de moi.

Tu as violé les plus fragiles de mes constructions. Tu t'es assis sur ce que j'avais de précieux. De tout ton poids, tu l'as étouffé. Et pour cela, j'aimerais te faire avaler une petite bombe. Ou même une grosse. Qu'elle explose en toi et ce faisant, dissolve ton corps en particules qui se trouveraient disséminées partout et, de chacune d'elles, germeraient des parcelles d'explication, de petits indices qui donneraient des clés et révéleraient ce qui se dérobe à moi.

Tu as vu, rien que d'en parler, la lumière revient. Doucement, en un peu plus jaune, mais elle est de retour. J'avais peur de devoir en finir dans une espèce de nuit tombée trop tôt.

Chapitre 13

Pendant une semaine, ils se sont arraché les cheveux. Rien ne venait, aucune explication ; Chance ne produisait pas une goutte. L'évident manque à gagner les rendait nerveux.

Mais surtout, ils ne comprenaient pas.

Ils consultèrent les collègues. Te souviens-tu du défilé des éleveurs du coin, venus un à un observer la bête, palper ses mamelles, du vétérinaire rappelé tous les deux jours pour prendre sa température, de l'échographie pratiquée sur place ne révélant rien de suspect ? L'incident prenait des allures de cas d'école. Mes parents avaient même fini, faute d'explications, par nous demander notre avis. Après tout, qui mieux que toi et moi connaissions Chance ? Comme les autres, nous n'avions aucune idée de la raison pour laquelle le lait, de son pis, n'advenait plus.

Ma chambre donnait sur l'extérieur du corps de ferme et sous mes fenêtres couraient les pâturages. Les nuits chaudes, une houle verte et humide soufflait ses parfums jusqu'à moi. Allongée dans mon lit, je m'endormais avec des effluves d'écorce et de mousse. Ces prairies, champs, forêts, cette affluence de nature sous moi était une conseillère que j'interrogeais et qui m'instruisait sur l'essentiel. Ce soir-là, je ne dormais pas. Je pensais à Chance. L'animal, comme le mystère qu'il a toujours été.

Puis un bruit sourd a surgi de l'extérieur. Une branche s'était détachée d'un arbre proche, maintenue en suspension, elle était retenue par une autre, jusqu'à ce que le vent la repousse et qu'elle s'abatte au sol. Intriguée par le tapage, j'avais ouvert la fenêtre plus grande encore et le tableau sous mes yeux s'est allumé ; je voyais dans la nuit, je possédais cette acuité-là, une sorte de nyctalopie acquise à force d'étés coulés sous les étoiles, loin des lumières de la ville. À la ferme, passé le coucher du soleil, il n'y avait rien pour éclairer l'extérieur des bâtiments, à l'exception d'une lanterne à faible intensité, pendue sommairement à gauche de la porte d'entrée. J'ignore si je disposais d'une aptitude physique réellement différente de celle des autres qui me permettait de distinguer la pénombre avec aisance ou si la nuit chez moi me semblait tellement familière que je ne faisais pas la différence avec ce qu'offrait à voir, aux mêmes endroits, le jour.

Par la fenêtre, dans le lointain, il y avait Chance. Et ce que j'ai vu cette nuit-là m'a sidérée. Ce que j'ai vu, au loin, au charbon de la nuit, a changé ma vie.

L'idée même de tuer, voilà qui prend du temps. Ça nécessite une préparation, ça demande du travail, de la ténacité, il faut s'accrocher, c'est comme pour tout.

J'ai rôdé autour de mon macabre projet comme un oiseau vilain pendant deux ans.

Mille fois je me suis demandé quels pouvaient être réellement les avantages à ôter la vie ?

Assurer ma survie.

J'ai commencé à entrevoir une dimension philanthropique à ma mission. La difficulté, c'était d'assumer sa mise en pratique tout en conservant de soi-même une perception pleinement humaine.

De quoi suis-je donc constituée que les autres n'ont pas, pour vouloir mener à bien ce projet ? Ou au contraire, que me manque-t-il ? Je ne suis ni folle ni méchante, il n'y a rien en moi pour susciter la méfiance ou le dégoût. Mes amis m'apprécient, mes collaborateurs aussi.

Depuis la mort de Chance, et plus encore après le procès, les mois passant, j'avais acquis une certitude : être fiable, gentille, obéissante, ce que j'avais toujours été, ne rapportait rien, ni justice, ni valorisation, ni fierté.

Je suis éleveuse et agricultrice. En passe de devenir une criminelle.

J'aurais dû être écrivaine.

Par le truchement de la fiction, j'aurais écrit des histoires de violence et les aurais maîtrisées parfaitement, mot à mot, sans faire de mal à personne.

Je n'ai pas ce talent.

Chance a été tuée et je me sens traversée.

Transpercée.

Une cavité dans laquelle s'engouffrent les vents.

Un courant d'air.

Et il faut que ça change.

La nécessité de façonner pour moi-même une rugosité a surgi.

Faire émerger un angle.

Provoquer un accident.

Pour assurer ma survie.

J'aurais dû être un homme surtout. À qui la violence est permise, encouragée, quand elle ne se trouve pas carrément dans le cahier des charges.

D'une manière ou d'une autre, il est temps de démontrer que moi aussi, j'ai accès au désordre, au manquement et à la transgression, que je considérais jusque-là comme des postulats sauvages mais dont je suis arrivée à penser qu'ils sont la clé de la liberté, la mienne, celle d'exister autrement qu'en victime.

Désormais, je serai seule aux commandes.

Et le crime sera ma destination finale.

Les gens qui tuent avec préméditation ont un mobile.

Je vais tuer pour respirer enfin.

Avant de t'assener le coup fatal, je t'aurai parlé longuement. À l'homme que tu es.

Je te transmets le bâton de *la victime*, le mot ici est féminin.

J'aime l'idée de devenir assassin, terme qui n'existe qu'au masculin.

Une assassin. Ça sonne comme une erreur de syntaxe.

Les femmes tuent peu. Elles tuent pour se défendre ou défendre leurs enfants, quand elles y arrivent.

Les femmes protègent, ça oui. Elles s'épuisent, s'oublient, se sabordent. Sans le vouloir, ni le savoir. La plupart du temps, ce n'est pas véritablement une mort ; plutôt une disparition. L'effacement progressif d'elles-mêmes. À défaut de poser leur violence sur les autres, elles se l'appliquent à elles-mêmes.

Je n'éprouve pas l'envie de te tuer. Juste le besoin vital de le faire. De m'extraire de la morale, du bien, de ne plus me noyer pieds et poings liés dans un pédiluve de perfection. Ce faisant, j'ai chassé l'hypothèse qu'en menant à terme un tel projet, il n'était pas certain que je demeure meilleure que toi.

Il est probable que je devienne pire.

Depuis plusieurs décennies déjà, les êtres qui élèvent les animaux ont oublié d'écouter leurs paroles. La fidélité qu'ils leur doivent est rattrapée par l'habitude, l'efficacité, le profit.

Les gens qui les exploitent font grand cas du coût de la viande et du litre de lait, quoi de plus normal, après tout c'est un métier, ni plus ni moins. Un métier dur qui contraint beaucoup. Et puis, te dira-t-on, la concurrence…

Au départ de mes parents, avec le bâtiment, son matériel, son cheptel, ses terres, leur bail qui courait encore sur vingt ans, j'avais le temps de voir venir.

J'ai engagé Alvaro, modifié la gestion de la production, envisagé autrement la question du rendement. Dans la région, certains collègues, dubitatifs, lui disaient que *j'avais mes règles.*

Je te vois te tortiller sur ta chaise, lever les yeux au ciel, trouver que ces mecs sont des abrutis pour avoir ce genre de réflexion. Le monde de la campagne est rétrograde, cher ami, l'aurais-tu oublié ? Je suppose qu'accoudées aux zincs de la City, les proses masculines sont éminemment plus subtiles.

Bref, j'ai modifié les usages, les préceptes, la feuille de route.

N'est-ce pas, Abel ?

Quelle ironie ; toi, l'homme mort bien avant que de mourir, qui ôta la vie de celle qui fut son oxygène même. Toi qui tues la vache par lassitude de ta vie d'humain trop gâté. Toi qui tues la vache seulement pour exister.

Quoi ? Arrête de t'agiter ! Je ne comprends pas ce que tu dis. Tu me demandes de l'aide, c'est ça ?

Tu me trouves trop bavarde ? Tu penses que je suis folle, obsessionnelle, détraquée. Tu n'as pas tort. J'ai mal quelque part.

Chapitre 14

J'ai marché dans la nuit jusqu'à m'approcher de Chance. Tant de choses, dans ma vie, à hauteur de l'enfant que j'étais, auraient dû aller de soi. Mais ce soir-là, ce fut différent ; la lune n'appartenait à personne. S'il devait y avoir un code, un plan, un message, jusque-là, il ne s'était trouvé personne pour les décrypter. Les jours avaient passé le temps avait joué ses tours patiemment, à ne rien comprendre, les hommes autour de Chance étaient devenus fous. Le privilège des animaux, c'est qu'ils n'en ont aucun. Le rapport de force est nul et non advenu ; ils gagnent toujours. Les bêtes ne plaisent pas aux hommes lassés, elles sont bien trop vivantes pour ça.

À cinquante mètres d'elle, j'ai cru halluciner. À vingt, étonnamment, j'ai compris.

Chance se trouvait debout, seule.

Rien pour m'informer, hormis son regard, peut-être, tourné vers la forêt en bordure de la prairie. Et pourtant, je sentais une force, la sienne, unique, se dégager comme une fumée, étrange, agitée, j'avais la sensation d'un grand ventilateur tourbillonnant jusqu'au ciel et déployant une puissance sans égale. Elle me murmurait en désordre des mots à elle, silencieux, mais d'une couleur éclatante, comme des entailles. Et déjà, en moi, se creusait un chemin nouveau. *Suis-moi. Suis-moi donc.* Étais-je en train de me parler à moi-même ? J'avais perdu mes repères. Chance était devenue mon unique balise et alors qu'elle se dirigeait vers le fond de la prairie, j'ai marché dans ses pas. *Suis-moi. Une à une, passe les portes*, me murmurait-elle. L'horizon, aux confins du carré de terre verte, penchait vers des issues ignorées. J'avançais derrière elle, grisée, exaltée, à ses côtés je n'avais peur de rien, pas même de ce que j'étais sur le point de découvrir. Sous une légion de nuages noués entre eux, nous sommes arrivées au pied du grand saule. Chance s'est arrêtée, elle a attendu que je la rejoigne, aussi près que possible. Son museau venait se joindre à mon flanc, je me suis mise sur la pointe des pieds et j'ai posé ma tête contre la sienne, avec l'étrange impression qu'elle me bénissait.

Pour la première fois, j'ai entendu le bruit. Des feuillages froissés les uns contre les autres. Le sous-bois craquait sous des pas légers. Et il est apparu. Le minois à peine éclairé par des filets de lune, j'ai cru d'abord voir un faon. Il s'est approché, robe mouchetée en désordre, mouillée de son sommeil, les yeux mi-clos, il a soudé son petit corps à celui de sa mère et s'est mis à téter ses mamelles.

Son veau. L'autre. Le second. Elle avait donc eu des jumeaux. J'étais éblouie au point que je ressens encore, quinze ans après, ce vertige. De longues secondes, incrédule, j'ai observé ce spectacle inattendu. Depuis des jours qu'ils cherchaient tous à comprendre, j'avais devant moi l'explication et elle n'était ni médicale ni accidentelle. Elle n'était pas, à strictement parler, humaine. Elle se trouvait bien au-delà, dans un endroit d'une puissance extrême, universelle. Je me suis assise dans l'herbe, aux pattes des deux animaux, il me semblait que, minuscule, ma place était plus adéquate, et je suis restée de longues minutes à les observer se retrouver, la mère et le petit, à décharger ce que j'avais de larmes et d'espoir, à me demander ce que j'allais pouvoir faire de ce miracle. Comme si seulement j'avais un rôle à tenir, comme si j'étais un être humain à la hauteur et en mesure de faire *quoi que ce soit*.

J'ai souri au visiteur sorti de sa cachette, je l'ai caressé aussi, j'avais besoin de sentir l'entrain de son corps neuf sous ma main pour me convaincre que ce à quoi j'assistais était réel.

Je n'avais jamais rêvé d'une si belle nuit.

Et le matin est arrivé. Ni froid ni chaud, les premiers rayons du soleil ont frappé le tapis de mousse sous nos pieds, j'ai lancé un regard aux animaux. Heureux ensemble, ils avaient l'air de fredonner, j'entendais la bise filer entre les branches et le souffle ardent de leurs naseaux se muer en fumée et ça faisait comme un pépiement. Comme je l'avais quittée quelques heures plus tôt, je suis rentrée à la ferme, en suivant Chance. Elle marchait devant moi, seule avec sa force qui semblait à la fois de plomb et de plume, sa présence était pure, et son petit mis à l'abri des feuillages jusqu'à la nuit suivante, comme une leçon apprise aux souffrances passées, devenue sa vengeance. Je n'ai rien dit, ni au vétérinaire ni à mes parents. La confiance reçue d'une mère animale, pour rien au monde, n'aurait pu être reniée.

Tu es le seul à qui j'en ai parlé. Le seul qui pouvait comprendre, le seul qui partageait cet attachement à Chance, le seul qui, pas plus que moi, jamais, ne la trahirait. C'est du moins ce que je pensais. La beauté de l'histoire, sa force aussi, t'ont subjugué. Tu étais incapable de contenir la fascination qui était la tienne. Tu criais, tu sautais, tu vivais follement ton éblouissement.

En secret, nous rêvions tous les deux d'être ce veau, aimé si instinctivement par sa mère, que cette dernière était devenue l'une des conceptrices les plus créatives que le monde animal domestique ait connu. Dans la prairie, à l'abri des regards humains, elle venait de mettre bas des jumeaux. Cette fois, se souvenant de ses deux gestations précédentes, à l'issue desquelles on lui avait enlevé son veau, Chance avait rusé pour ne plus avoir à subir cet arrachement. Elle en sacrifia un, qu'elle laissa à la vue de tous et qui lui fut retiré quelques jours après la naissance et entreprit de cacher l'autre. À la nuit tombée, dans la futaie, à la lisière du pré, son lait lui était entièrement destiné.

Et c'est ainsi que dans la journée, ses pis vides, plus personne n'avait rien compris.

Nikki te fixe un long moment. Tu te retiens de verser une larme, tu es ému bien plus que tu ne l'aurais imaginé. Tu étais convaincu d'avoir oublié cette histoire. Tu la hais de t'y replonger. Tu la hais. Tu la hais tout court.

Tu pensais n'être plus capable d'émotion.

Tu as mal partout. Tu as faim, tu as soif, tu as besoin de te vider. Tu inspires, expires, inspires encore.

Quelle heure est-il ?

Chapitre 15

Les couteaux sont de rage et les balles, des torrents de larmes.

Regarde cette lame, Abel. Elle incarne tout ce que tu as foulé aux pieds. Tu la reconnais ? Elle ressemble à l'Opinel de nos quinze ans, celui que tu avais reçu pour ton anniversaire et que tu m'avais donné ensuite. Celui avec lequel on a construit, cet été-là, juste avant que tu ne partes pour l'Angleterre, la clôture de quatre-vingts mètres cernant l'enclos des chèvres. Elle existe toujours, figure-toi. Elle a résisté au temps et aux intempéries.

Elle a résisté à tes coups de feu.

Au tribunal, par l'intermédiaire de ton avocate, tandis que tu choisissais de rester à Londres, tu as dit que ce soir-là que tu avais fait « une erreur de jeunesse », c'est ainsi que tu as qualifié l'assassinat de Chance.

Si ça ne t'ennuie, pas, je reprends ici les comptes rendus d'audience. Et puisque je suis celle qui détient l'arme à présent, celle qui te menace, j'estime que tu as besoin d'entendre ces mots qui sont les tiens, que tu as besoin de t'entendre toi-même, Abel. Considère que ça fait partie du processus.

Alors, voilà…

Monsieur le juge, à l'évidence, j'ai mal agi. Pour ma défense, je n'ai aucune circonstance atténuante, pire, elles sont aggravantes : j'ai consommé trop d'alcool et j'ai perdu la notion du bien et du mal, au point d'avoir grossièrement ignoré ce que mes parents m'ont enseigné avec acharnement depuis mon enfance, le respect d'autrui. Ce soir-là, je n'ai respecté ni mon environnement ni moi-même. Cette infraction, commise dans un manque total de considération, me pèse chaque jour. Je vis, depuis, avec une image dégradée de moi-même, et je vous prie de croire qu'il s'agit là d'une grande souffrance.

Moi, moi, moi… Ma souffrance, mon mal, mon environnement, mon image… Tu n'as pas eu un mot, ni pour Chance ni pour sa propriétaire. Obsédé par l'idée de te sauver toi-même, tu as choisi la contrition, en espérant trouver chez le juge une forme de solidarité dans le repentir. Faute admise à moitié pardonnée et blason redoré. Tu auras eu le courage de reconnaître tes torts, et pour cet exploit-là, à défaut d'une médaille, tu as reçu une toute petite condamnation.

Depuis 2021, pour la même infraction, « sévices graves ayant entraîné la mort d'un animal » tu aurais pu encourir jusqu'à cinq ans de prison et 80 000 euros d'amende. Le juge qui a présidé notre affaire était un ami de ta famille et aussi ahurissant que cela puisse paraître, il a choisi de considérer Chance comme du matériel agricole. Rien de plus. Tu as été condamné à cinquante heures de travaux d'intérêt général dont ton avocate a ensuite habilement négocié la substitution par un chèque à une association qui lutte contre l'alcoolisme et à me verser, pour tout dommages et intérêts, 5 000 euros. Somme, que, pour n'avoir plus aucun lien d'aucune sorte avec toi, je t'ai remboursée immédiatement, t'en es-tu même rendu compte ?

Oh, tu peux marmonner autant que tu veux.

Bien sûr, essaye de taper des pieds. De t'agiter sur ta chaise.

Ton corps sanglé fait vibrer sa colère.

Je me fous de ton désarroi.

Entraîne-toi à pleurer car tu n'es qu'au début de ta peine.

Ne rêve plus jamais de Londres, de ses jardins choyés et de ses heures dorées.

Tu n'es plus nulle part.

Tic, tac, ça tourne.

Laisse-moi te mettre les voiles et les hisser bien haut, jusqu'aux ténèbres.

Chapitre 16

C'est la nuit qu'elle me manquait le plus, que j'avais envie et même besoin de lui parler, de la caresser, de la renifler. Son odeur, sa douceur, à défaut de ses beuglements.

Quand la lumière du salon rendait invisible l'extérieur, quand dehors se déployait le noir tout-puissant, alors seulement, je devinais la prairie vide et me revenait la vision terrifiante de l'herbe autour d'elle, maculée de son sang.

En été, la nuit sentait les charretées de blé fraîchement ramassé. J'inhalais à plein nez, fenêtres ouvertes, le souffle chaud des naseaux mêlé aux odeurs du crépuscule. Le coucher du soleil éveillait un monde d'êtres planqués, les recalés du jour, ceux qu'on devinait bien plus qu'on ne les voyait. Et dans leur sillage, des bruits étranges, des senteurs obliques, rien qui pour l'humain n'aille véritablement de soi.

En été, je nous revois dehors, tard le soir, on jouait à devenir plus grands, plus indépendants, plus responsables. Souvent, on s'allongeait au pied du hêtre, à travers les branches, on scrutait le ciel, on connaissait parfaitement la position des étoiles, on observait de la terre ces morceaux d'univers, perchés très haut, nous tâtions l'instant, cherchant ensemble un sentiment adapté, nos perceptions alors étaient tranquilles, comme le champ quand il n'y a pas de vent. Ainsi, nous nous sentions parfaitement bien et nous avions l'impression d'être riches de nos regards, multimillionnaires.

En été, on construisait des cabanes. Chaque année une différente. Et, méthodiquement, on entretenait les précédentes, au bout d'un moment, ça nous faisait un parc immobilier de branches et de mousse sur lequel on veillait avec attention. Toi et moi on grimpait avec fougue, le premier étage atteint, on s'amusait à jeter du foin aux vaches qui paissaient dans la prairie en dessous. C'est Chance qui en recevait le plus, « parce que t'es notre préférée » lui disait-on chacun et, couchés sur le ventre, l'un à côté de l'autre, sur le bord de la plateforme en sapin, des heures durant, on regardait le troupeau se mouvoir en une chorégraphie lente pourvue de danseurs fatigués.

« Qu'est-ce que tu crois qu'elle pense de sa vie ? »

Te souviens-tu de m'avoir posé cette question ?

Je sais que tu t'en souviens.

Et probablement même de ma réponse. Dont moi, je me souviens :

— Je crois qu'elle pense qu'elle y est bien. Parce qu'on est là pour veiller sur elle.

— T'as raison, avais-tu conclu.

La réponse ne souffrait aucun commentaire. C'était écrit dans le marbre. Nous étions sa providence.

En été, les orages, fréquents, dévalaient les pentes du ciel et la pluie gavait le ruisseau qui courait le long de la grande prairie et qui souvent, débordait. Les vaches s'en approchaient, leurs sabots charriaient le gazon propre qui se transformait en terrain boueux. Un soir de la fin du mois de juillet, celle au museau plat qu'on appelait Monkey s'est aventurée d'un peu trop près, la digue molle a cédé, l'animal a glissé dans le cours d'eau dont le niveau, inhabituellement haut, continuait de s'élever. De longues minutes, Monkey est restée coincée en travers et, incapable de se relever, s'est laissé peu à peu submerger.

Alors Chance a meuglé. Comme un chien qui aboie. De toutes ses forces.

À la ferme, à une centaine de mètres de là, tu assistais ma mère à la traite d'une chèvre, c'est alors que tu as entendu le mugissement au loin et reconnu aussitôt la bête. Mon père et moi étions occupés au nettoyage de l'étable, tu as accouru en criant « Y a un problème avec les vaches ! »

Et tu es reparti en direction de la prairie, tes jambes galopaient déjà, avant même de nous expliquer. Pourtant, comme deux soldats, mon père et moi t'avons suivi dans ta course. Jamais il ne fut question, ni dans sa tête ni dans la mienne de douter de ta démarche et de son urgence. À ton corps défendant, sans crier gare, tu étais devenu l'un des gardiens du temple. Ta fonction ne disposait d'aucun titre, personne n'aurait su la définir, elle n'en était même pas une, et pourtant ton seul cri d'alerte suffisait à mettre au pas mes darons, les patrons de cette ferme depuis trente ans. À l'occasion, je m'en souviens, lorsqu'il s'agissait de justifier ta présence à la ferme auprès de certains visiteurs qui s'interrogeaient de t'y voir traîner souvent, tu me pointais du doigt en ajoutant simplement « on est amis ». Et la réponse semblait satisfaire le monde entier, humain comme animal. Entre nous, on parlait peu mais on parlait bien. Les bêtes imposaient des conversations courtes et efficaces. Nous passions plus de temps à faire, observer, sentir ou toucher plutôt qu'à réfléchir ou discuter.

Ainsi, sans hésiter, au galop, papa et moi avons pris la prairie à rebours, longeant la clôture, la pluie s'abattait, goulue, sur le sol détrempé et nos pieds, à chaque foulée, claquaient la boue. Tu nous devançais de quelques mètres et c'est toi le premier qui, en quelques secondes, mesura l'urgence. Tu t'es jeté dans le ruisseau pour tenter de basculer le torse de l'animal dont le museau commençait à prendre l'eau. Mon père, passé de l'autre côté, poussait avec toi de toutes ses forces pour redresser le buste de la vache. Je maintenais Chance éloignée de la berge affaissée pour éviter qu'elle ne tombe à son tour et j'appelais ma mère qui déboula au volant du tracteur. Et ainsi de suite, d'un geste coordonné à l'autre, à quatre, une équipe dorénavant, nous avons tracté la vache hors du ruisseau. À vingt et une heures Monkey retrouvait le plat de la prairie, à vingt-trois heures nous avions terminé de mettre en place une barrière le long de la rive accablée et, un quart d'heure plus tard, Olivia arrivait en courant, soucieuse de ne pas t'avoir vu rentrer.

Il pleuvait des cordes dans le noir brumeux de cette nuit folle mais, ensemble, nous étions heureux, nous avions des projets de grands, nous menions des épopées millénaires qu'il fallait toujours recommencer, je ne voyais plus rien en toi qui soit différent de moi et souvent, à hauteur d'adolescente, j'avais la certitude – ou la naïveté – de croire que ça ne changerait jamais.

Pendant cinq ans, quelque chose de très doux et d'incroyablement exaltant nous avait animés. Et je rêvais que cela dure toujours. Que tu reviennes ensuite, chaque été, que ton départ ne change rien entre nous. Les rêveurs sont de têtus artisans. Ils fomentent un idéal à s'épuiser. Et parfois, capitulent.

Tu es parti en Angleterre le 27 août de l'année de nos quinze ans. Le 25, tu es venu à la ferme pour la dernière fois. Tu semblais accablé. Tout au fond de moi, puisant aux origines de notre rencontre, tâtant les racines de notre amitié, je pensais que tu serais mieux dans un pensionnat anglais qu'à errer encore, dans le sillon funèbre de tes parents, au cœur de ce château que, pour toi, j'avais en horreur. Tu es resté un peu, traînant autour des animaux comme un absent, tes mains se posaient partout, caressaient la surface des choses comme elles récolteraient les traces d'une mémoire sensorielle semée aux vents et aux années. Tu n'as pas dit un mot. Au bout d'un moment, tu es allé voir Chance, rentrée pour la traite, qui patientait dans son box. Je te revois t'approcher de la bête, tes épaules chargées de tristesse, tu as plongé ton visage dans son collier et, collé à elle, tu t'es mis à pleurer. J'aurais voulu te prendre dans mes bras. Chance, tête haute et immobile, posait sur toi un regard attendri, fidèle à elle même. Ta main droite a frôlé sa croupe pour lui dire adieu et de tout son corps, elle a frissonné.

Ce fut là le dernier instant de notre alliance à trois.

Chapitre 17

Sur la fin de sa vie, je n'ai pas assez pleuré. Qu'y a-t-il d'autre que les larmes comme remèdes à la tristesse ?

On n'aime pas pleurer dans notre monde.

On préfère rire.

Ainsi, vois-tu, Abel, je suis devenue cynique.

Chapitre 18

Le veau caché de Chance a grandi planqué dans la forêt. Au bout d'un mois, en capacité de se nourrir seul, l'animal est venu spontanément se mêler au troupeau dans la prairie. Il a fallu quelques jours à mes parents pour s'apercevoir qu'un individu supplémentaire peuplait désormais le cheptel. Ils n'ont jamais compris, ni ce qu'il faisait là, ni d'où il venait. Aussi, par défaut, ils ont conclu à une erreur administrative, un calcul mal foutu quelque part, logé à un endroit non identifié mais jamais ils n'ont fait le lien avec Chance. Peu importe, le veau fut intégré au cheptel et sa mère s'en détacha naturellement. Nous l'avons appelé Lucky, cette fois c'était mon idée, rappelle-toi à quel point tu la trouvais facétieuse, et je dois dire que j'en étais très fière.

Qui es-tu Abel ?

Le sais-tu ?

Devient-on quelqu'un d'autre quand on sait qu'on va mourir ?

Peut-être aimerais-je ôter ton bâillon ? Entendre ta voix. En réalité, je ne m'en souviens plus. Elle s'adresse à moi, si lointaine désormais, comme un chant plaintif.

Tu es un million de pensées qui sont autant de canifs. Tu le vois celui-ci ? Ma main est posée dessus.

Et Chance, penses-tu qu'elle soit devenue une autre aux dernières heures de sa vie, juste avant que tu ne la perces de tes balles en plomb ?

Je te vois.

Mais je me vois aussi.

Je fais comme si je gardais mon sang-froid. En vérité, j'ignore où tout ça me mène. Comme il est difficile de persévérer dans sa radicalité. J'essaie de faire durer le geste, ma main sur le couteau, toujours, je prie pour que mon armure tienne le coup, que rien ne cède.

Je m'en tiens à l'ombre d'un oiseau de passage.

Ma rage devrait vivre au monde. Au lieu de ça, elle pèse sur moi. Sur ma solitude, sur mes alentours, elle pèse sur le vide qu'elle a créé autour de moi.

Au sommet de la colère, on se soumet. J'ai beau dire, j'hésite encore.

En te ligotant sur cette chaise, j'ai pensé avoir ramené le pain à la maison. Et ça m'a nourrie comme la brève trouée d'un soleil intérieur.

Et puis ils sont arrivés. Mes sentiments. Ils ne devaient aller nulle part, ils ont pourtant changé de cap, semblant connaître le chemin et peut-être te sauveront-ils. J'ai tout planifié pour que tu quittes ce monde à heure précise, mais ils ont débarqué d'on ne sait où, de très peu, de trois fois rien. L'auras-tu échappé belle ?

Mes pieds sont lourds, envasés dans la glaise d'une rivière qui coule comme un torrent, j'ai la tête ahurie et rien d'autre sur moi que les pensées de l'enfer.

Combien de temps vais-je tenir à me venger de toi ?

Le soir où tu as tué Chance, je revenais d'un dîner chez des amis. Leur maison, à une vingtaine de kilomètres de la ferme, était entourée d'un jardin, en été on y mangeait dehors, sur la terrasse bouffée par le chiendent. Ils avaient quitté la région un an plus tôt pour rejoindre la ville, se construire une vie, faire des enfants. La longère en pierre de Flandres était devenue leur maison de campagne qu'ils louaient sur Airbnb à l'occasion.

Cette nuit-là, tu es revenu, sur le terrain de jeu de ton enfance, après douze ans d'absence.

Et tu as shooté la bête, comme on tire sur une poupée dans un stand de foire, pour se détendre, une bière à la main, une barbe à papa dans l'autre. Tu as canardé sur des souvenirs qu'on voulait beaux, la désolation.

Bien sûr, je n'étais pas présente au château. Je n'ai pas vécu la scène, ni celles d'avant, ni celles d'après. Tu n'as pas pris la peine de te déplacer pour t'expliquer au procès, tu es resté planqué à Londres. Trop lourds auraient été les regards des gens du village, des fermiers, ces agriculteurs installés sur les terres du coin depuis belle lurette, le bled que tu avais fui des années plus tôt et qui devenait, le temps d'une audience, par la violence de ton geste, capitale de la douleur.

Au procès tu n'assisteras pas, à aucun moment tu ne répondras à mes questions, pas plus que tu ne verras mes larmes, ni ne déchargeras ta besace de sa poussière macabre. À la place, tu videras une bière. Dans ce bar de Mayfair, pas loin de ton appartement.

Ce jour-là, ton absence a parlé pour toi et tu as dit ton dernier mot.

Ainsi, nous y voilà, toi et moi dans cette pièce. J'ai pris un peu trop mes aises, j'ai volontairement soumis des fantômes aux règles les plus élémentaires de la morale. Et tu te trouves là, devant moi, muselé comme un rat.

Si je te tue, je deviendrai la complice d'une violence, la tienne, incubée pendant des années sous le poids d'une éducation irréprochable et qui a poussé en silence, venue d'on ne sait où, à en devenir un œuf de dinosaure dans une famille de poules. Tu n'as su qu'en faire, tu n'as rien dit à personne, tu as planqué le monstre en toi et tu es parti renaître ailleurs.

Mais la bête a muté, elle a pris des formes que ni ton poste dans une banque anglaise, ou l'argent gagné, pas plus que les courses hippiques le dimanche et les courbes de tes copines n'ont su apaiser. Et un soir de biture, de retour au château, submergé par les frustrations qui étaient les tiennes, incapable de les maîtriser ou de les tenir à distance, tu as perdu la tête. Et le cœur aussi. Tombés dans l'abîme, l'un et l'autre.

Tu t'agites sur ta chaise, je te vois.

Tu veux t'exprimer, donner ton interprétation de l'affaire, détailler le cours de cette soirée, justifier ton acte, faire entendre ta voix.

Mais tu ne peux pas. Je vous censure, toi et ta version des faits. C'est ainsi que les choses se passent dans le monde que tu as inventé en tuant Chance ce soir-là, un monde où le droit, le juste, le raisonnable, n'ont plus leur place. Tu as injecté dans le système une violence qui ne lui appartenait pas et, depuis, toute personne y étant liée s'est trouvée modifiée. Je n'ai plus accès à la compréhension, à la tolérance et au pardon. Envolés avec le bruit de l'impact des balles.

Au procès, à ton avocate, il a suffi d'une dizaine de phrases habilement tournées, ni trop courtes ni trop longues, un propos bien ficelé pour démontrer que dans le dossier il n'y avait rien qui vaille que la justice s'en mêle. À plusieurs reprises, en l'écoutant, le juge a souri, comme si cet exposé de ton comportement déplorable lui rappelait les égarements de sa propre jeunesse.

Boire un coup de trop, ma foi…

J'ignore ce qui s'est réellement passé ce soir-là, au château, avant que tu n'abattes Chance.

Il est trop tard maintenant. Ainsi, ta mort n'aura aucune importance. Au bout d'un moment et dans certaines conditions, elle ne vaudra plus rien.

Il y a devant ma fenêtre, un grand arbre. Chaque matin, au réveil je lui pose la question : « Quoi de neuf ? » Et chaque matin, il me répond : « Tout ». La possibilité de ta mort imminente, provoquée par ma main et pour les raisons exposées jusqu'ici, correspond exactement à cela : le résultat d'une addition de « tout ». Chaque jour, ajouté au précédent forme une multitude de raisons qui finissent par mener à l'évidence de la fatalité.

Sauf à vouloir m'en détacher.

Je te vois, mais je me vois aussi.

Et je revois mes parents, le lendemain de la mort de Chance, deux silhouettes frêles comme des plumes au bord de cette prairie, battus par le vent du nord et pliés en deux de sidération, à tourner dans leur bouche des mots en boucle « mais qui a bien pu faire *ça* ? ».

Et plus tard, à peine quelques jours, je dirais trois semaines, tu as dû l'apprendre – ou bien t'ont-ils épargné cette information-là aussi – mon père, frappé par un AVC, y a laissé la moitié de son corps : paralysé du côté gauche, de la hanche au sommet de son crâne, incapable de s'exprimer ni de pratiquer seul la plupart des activités du quotidien, encore moins de coassurer le fonctionnement d'une exploitation agricole, il est devenu tout autre. Un être rompu, fragile, totalement perdu. « Lorsque le corps subit un stress important et prolongé, les hormones peuvent provoquer un durcissement des artères et des vaisseaux sanguins, entraînant ce qu'on appelle l'athérosclérose, directement associée aux AVC », tels furent les mots du médecin.

L'AVC de mon père, le savais-tu ? Te l'a-t-on dit ? La nouvelle est-elle arrivée jusqu'à Mayfair ? Si oui, as-tu jamais fait le lien entre la mort de Chance et la demi-mort de mon père ?

Regarde-moi.

Le savais-tu ?

Juste avant, je garde le souvenir d'une période sereine, Abel. La ferme gérée par une sorte de cohorte tricéphale, mon père, ma mère et moi, c'était le temps des changements dans la concorde ; les animaux, la nature et les humains au diapason d'une production raisonnée que j'avais menée en douceur vers une méthode d'élevage extensif des vaches allaitantes, une gestion des pâturages améliorée pour permettre aux bovins de passer plus de temps au pré, un agrandissement des espaces offerts aux animaux, avec des stabulations ouvertes et des installations de brossage pour les masser et stimuler leur métabolisme. Abel, je répète : « Lorsque-le-corps-subit-un-stress-important-et-prolongé-les-hormones-peuvent-provoquer-un-durcissement-des-artères-et-desvaisseaux-sanguins-entraînant-ce-qu'on-appelle-l'athérosclérose-directement-associée-aux-AVC. »

Ces deux dernières années, ma mère a continué à venir chaque jour ; ensemble, nous avons été des collègues de boulot acharnées, prêtes à tout pour sauver l'exploitation, les meubles, les animaux, et nos faces de femmes fortes en bottes et salopette. À l'occasion, nous sous-traitions des bras d'hommes et de la vigueur locale pour compenser nos passages à vide et, en fin de journée, on sifflait le grog comme du petit-lait. L'année suivante, l'état de mon père s'est dégradé et ma mère a définitivement pris congé pour s'occuper de lui. À sa place, j'ai engagé Alvaro, des stagiaires parfois, des gens censés me donner raison de penser que, seule aux commandes de cette ferme que j'avais commencé par haïr, je trouverai mon Graal.

Le garçon que tu étais à quatorze ans aurait adoré.

J'avais le sentiment d'avoir enfin trouvé ma place. Cette vie qui m'avait été imposée à la naissance, que j'avais rejetée, apprivoisée et finalement adoptée m'offrait un équilibre courageusement gagné. J'étais opiniâtre, tenace, déterminée. Mes amis me voyaient peu, les hommes que j'avais aimés aussi, ils finissaient par disparaître, las d'avoir à me partager avec un emploi du temps insensé, en décalage avec les priorités de ma génération. J'étais une experte en traite et en semis, mais plutôt malhabile en vie intime. Je me retrouvais à la même place que celle de ma mère, des années plus tôt, que je blâmais de ne porter que des combinaisons tandis que les autres exhibaient des escarpins raffinés.

Tu es un monstre. Tu es un homme. Dans la plupart des cas, les gens et même les monstres sont plus naïfs et plus simples que ce qu'on veut bien penser à leur sujet. Quoi qu'il en soit, tu as été le premier à te faire offense à toi-même, tu l'as fait pour l'esthétique, c'est si beau, n'est-ce pas, la trajectoire d'une balle de calibre 20, et quelle jouissance de l'écouter déchirer l'atmosphère d'abord, le corps d'un être innocent ensuite ? Sans résistance, l'ogive en acier fend les chairs de la manière la plus propre qui soit. En tirant ce coup de feu devant tes amis qu'il fallait impressionner, pour pouvoir exister, par là même, tu as atteint l'endroit d'une haine parfaite, plus belle encore que la bête.

Chapitre 19

En droit romain, pour le blâmable, il existe un statut particulier, défini comme *homo sacer*. Reconnaissant ce dernier coupable d'une faute grave qu'il aurait commis, le peuple n'a pourtant pas le droit de le sacrifier selon les rites, en revanche, celui qui le tue ne peut être jugé coupable d'homicide. Ainsi, l'*homo sacer* est non sacrifiable mais terriblement exposé à la mort. C'est exactement la position dans laquelle tu te trouves à l'instant.

À l'époque romaine, si je te donnais à toi-même la mort que tu as infligée à Chance, je te tuerais sans être accusée d'avoir commis cet acte. Ici comme partout et à n'importe quel moment de l'Histoire, cher Abel, les agriculteurs défendent leur honneur plus encore qu'ils ne défendent leurs terres.

Comment un homme ayant eu accès à une éducation comme la tienne devient-il celui qu'il serait légal de tuer ? En d'autres termes, comment devient-on paria lorsque l'on est né comte ?

Je me souviens de ton avocate, parée dans sa robe, se tenant droite comme la vertu qu'elle pensait incarner, qui clamait au juge et à qui était capable de l'entendre – peu de monde – qu'on ne pouvait rien te reprocher de bien sérieux, à part précisément de ne pas l'avoir été. Mais, avait-elle ajouté, contente de sa bonne phrase, est-on vraiment fait pour être sérieux quand on est si jeune ? Le fait de ne pas l'être n'était-il pas justement l'expression d'une grande liberté ? À quand la connerie, la bêtise, l'inconsidération, à quand l'impulsivité et l'ineptie si ce n'est durant ses jeunes années ? « Il faut que jeunesse se passe », elle répétait cette phrase jusqu'à l'écœurement, comme si le simple fait de la prononcer suffisait à entériner son sens.

Et nous étions là, dans ce tribunal, tous aussi jeunes que toi, à écouter maître Machin faire l'éloge de ta bêtise tandis que tous, nous pensions à autre chose, à une tout autre explication : le naufrage de l'éducation. La tienne. Aux antipodes des procès de caïds de banlieue où la défense s'attarde à contextualiser le manque d'encadrement ou de valeurs du mis en cause, conséquence d'une éducation déficiente qui pourrait atténuer la peine, dans ce prétoire, qui aurait pu, dis-moi, oser mettre en doute la qualité de ton instruction et de tes bonnes manières ? La ligne de défense de ton avocate, pour espérer ta relaxe, s'avéra un oxymore en soi ; tâcher d'être brillante en invoquant ton idiotie. Mettre en exergue ton imbécillité, à toi, comte de Hesbaye, et la présenter comme une sorte d'irresponsabilité.

« L'ingénu immature », c'est ainsi que sous les ors de la justice, tu fus publiquement décris, tandis qu'au même moment, dans un black cab londonien, tu passais des coups de fil dans un jargon de trader. C'est là aussi, peut-être plus encore que dans ton coup de fusil, que réside la cause de ta déchéance. Tu veux que je te dise, Abel ? Au fond, le pire dans tout ça, c'est que je ne comprends pas. J'ai beau essayer, je n'y arrive pas. Et qu'ainsi je suis submergée de consternation devant l'ampleur de l'homme-désastre que tu es devenu malgré tous les dieux du ciel qui se sont penchés, les bras surchargés de richesses et de savoirs, sur ton berceau.

La chute, bébé.

La tienne.

Que je tiens tout entière dans mes mains de paysanne.

Chapitre 20

Des bruits de pas dans l'escalier, la porte s'ouvre. Pierrot et Sven reviennent, les bras chargés de sacs de courses. Sur le billot en bois massif, posé au fond de la grande pièce quasi vide, ils en déchargent le contenu : des bières locales et des chips bon marché. Une bouteille d'eau aussi, des verres en plastique.

— Il est dix-huit heures.

— Déjà ?!

Pierrot lui passe la main sur l'épaule. Aussitôt, elle grimace, contrariée que ses plans le soient. Au bout d'un moment, elle se ravise et attrape une bière qu'elle décapsule, se disant pourquoi pas un peu de légèreté, dans cette vaste pièce remplie d'une tension qu'elle a délibérément semée. Elle a besoin de souffler. Car à l'évidence il y a quelque chose de nouveau en elle, prêt à sortir, terrifiant. Une bière donc, qu'elle vide en trois traits goulus.

Puis elle prend un gobelet, le remplit d'eau et s'approche d'Abel.

« T'as soif, tu hoches la tête, j'enlève ton bâillon et tu bois cinq gorgées. Pas une de plus. Si dans l'intervalle tu dis un mot, un seul, je t'abats sur-le-champ. Sans hésitation. T'as compris ? »

Abel acquiesce.

L'opération se déroule sans encombre. Nikki est satisfaite. À l'évidence, elle maîtrise de mieux en mieux. Pas tant ses intentions que ses actions. Elle ne sait pas très bien pourquoi elle fait *cette chose*, mais elle *la* fait. Elle décide, elle ordonne, il la respecte, lui obéit, elle a gagné en crédibilité. Elle est à craindre. Tout roule. Elle rejoint le coin du billot, laissant derrière elle le comte désaltéré dont elle a pris la peine de retourner le siège pour qu'il soit face au mur, dos à la salle, aveugle à la détente. Il n'aura de la fête que le son.

— Ça va ? lui souffle Sven.

— Ça va.

— Tu vas faire quoi ?

— Ça dépend.

Elle lui sourit, lui tape l'épaule en retour, c'est aussi une histoire d'amitié, se souvient-elle, de celle qui lie à jamais.

— Ils arrivent, ajoute Sven.
— Qu'il en soit ainsi, murmure-t-elle.

Le meurtre de Chance l'a transformée en un être de détermination. Obtenir réparation en allant au bout des choses, c'est un objectif qu'elle n'entend ni bâcler ni lâcher. Elle n'a pas peur de commettre un crime qui lui semble légitime. Elle ne pense pas à l'après ; une possible arrestation, un jugement, une condamnation, de la prison ferme pendant plusieurs années, tout ça lui importe peu. Certains actes sont répréhensibles mais nécessaires.

En ça, Nikki est effrayante.

En attendant d'y voir plus clair, elle esquisse quelques pas de danse et Pierrot ajuste sa playlist. Sven trémousse son corps massif et lève sa canette en direction d'Abel, à l'autre bout de la pièce, qui ne voit rien.

« À ta santé, petit comte… »

Les trois se marrent, entrechoquent leurs gobelets *Tchin !* Ça aurait pu en rester là, comme une pause dans une journée de boulot normale. On se détend, on cause de sujets divers, les plus éloignés possible du travail et on y retourne, quasiment sustenté.

C'est alors que les autres sont arrivés. Un groupe, une quinzaine d'amis pour la plupart, des collègues, des gens du coin, de confiance, connus depuis la maternelle ou presque. Une tribu qui débarque, fait mine de ne pas s'étonner de la présence d'Abel, tous acquis depuis belle lurette à la cause de Chance. Ils ont bien connu la bête qu'ils vénéraient pour sa singulière capacité à saisir l'humain. Son histoire de mère courage, planquant son veau dans la forêt, le choix de Sophie dans sa version bovine, lui avait conféré dans la région un statut particulier. Pour la première fois, un animal de ferme avait suscité la sidération générale. Bien sûr, les agriculteurs ont non seulement l'habitude, mais aussi l'envie et le devoir de s'intéresser aux bêtes qu'ils élèvent, mais partout et de tout temps, dans chaque exploitation agricole, s'installe une forme de normalité. On est ému parfois, étonné à l'occasion. Rarement sidéré. Chance, pour cette raison, disposait d'un statut à part. Elle était celle que tout le monde aurait aimé avoir dans son cheptel, devenue en quelque sorte la mascotte de la région et de toute une corporation, son comportement ayant provoqué de nombreuses remises en question chez les professionnels. Peu à peu, des habitudes industrielles avaient changé au profit de nouvelles, plus vertueuses.

Ainsi, trois ans plus tard, dans cette grange abandonnée, personne ne manifeste le moindre désir de prendre la défense d'Abel quand bien même tous le connaissent, soit de nom, soit de réputation, souvent aussi de l'avoir croisé, petit, à la ferme, avec Nikki. Pas un pour s'offusquer du fait qu'il se trouve là, ligoté sur une chaise, comme dans un film de mafia des années 1950, une prise d'otage à l'ancienne, carrément has been, quand on peut facilement, de nos jours, élaborer pour se venger des procédés bien plus sophistiqués. Personne non plus pour se poser la question de savoir comment il a fini ficelé comme un boudin, le processus d'acheminement du bonhomme jusqu'à la grange, qui s'en est chargé, quand et comment. Certains savent, d'autres pas. Comme si, dans cette communauté, il était acquis qu'un jour adviendrait forcément *ça,* ou du moins un truc un peu fou qui y ressemble, ce moment où, de fil en aiguille, de rumeurs en rumeurs, chacun, d'une manière ou d'une autre déclare vouloir « en être » : la vengeance de Chance érigée dans la région en bien public, sorte de jour de gloire et de Libération. Voici en quelque sorte l'impunité d'Abel, bien qu'entérinée par la loi, grillée comme une côtelette sur l'autel des représailles.

Avec en ligne de mire un désir d'humiliation déployé dans une violence dont seul le groupe est capable, ce glissement qui fait que d'intelligent dans sa singularité, l'humain verse parfois dans la bêtise collective.

Abel, le paria donc, posé au milieu de la pièce, exhibé en trophée et, tout autour, la fête prend forme. Il y a du fromage et du saucisson, Magali a apporté un petit fût de sa production de cidre, Alice et Denis sont venus les mains pleines de maïs rôtis et de cornichons vinaigrés à leur façon. On boit le vin local, des bières aussi, sur le billot qui fait office de buffet gourmand, à présent, ça coule à flots.

Nikki, postée à la fenêtre, une autre canette en main, cause avec Magali de lui fournir des pommes à la saison prochaine. Elle possède quelques arbres, en a planté plus encore le printemps dernier sans savoir très bien qu'en faire. Il y a deux poiriers aussi.

— Tu remarques rien ? l'interrompt Magali.

— T'as coupé tes cheveux ?

— Je suis enceinte.

— Nan ! Merveilleux ! C'est pour quand ?

— Fin de l'automne.
— Garçon ou fille ?
— Je sais pas encore.

Nikki passe ses bras autour du cou de son amie, puis, désignant son ventre s'exclame :

— On boit à ta récolte !

Les deux femmes trinquent « À la vie qui passe » et lentement, autour d'elles, le groupe se resserre comme un monde qui se rassemble, bras dessus bras dessous, ensemble, ils forment un cercle large, quelqu'un tente une blague puis, dans la foulée, au souvenir du jour qu'on est, entame une chanson d'anniversaire à l'attention de Ben, le frère de Sven, qui souffle sur une bougie improvisée, fabriquée avec une corde badigeonnée d'un beurre de baratte et enroulée autour d'un fin morceau de bois. Trente et un ans aujourd'hui. Ben remercie la troupe et vide une bière cul sec.

Le disque humain ensuite se disloque et chacun reprend le cours de sa conversation.

Ben jette un regard distant à la forme tournée en direction du mur, le dos courbé d'Abel et sa tête sont légèrement penchés à droite. On dirait qu'il dort. Un bébé que l'on pose dans un couffin au milieu d'un salon et sur lequel la vie sonore des adultes agit comme une berceuse. Au bruit doux de la gente paysanne, le comte de Hesbaye se serait-il assoupi ?

Ben s'approche. La dernière fois qu'il l'a vu, c'était chez Nikki, à la ferme de ses parents, juste avant qu'Abel ne parte en Angleterre. Cet après-midi-là, mussés dans la cabane juchée en hauteur et imbriquée dans les branches du saule, souples comme des derviches, ils causaient de la vie à venir. Cette planque était la leur, celle qu'Abel et Nikki avaient construite de leurs mains, week-end après week-end, le chantier avait duré des semaines, ils ne voulaient pas d'un cagibi un peu foutraque. Méticuleusement, ils avaient esquissé les plans d'un endroit capable de les mettre véritablement à l'abri. De la pluie, du froid, du vent. Une place où il serait possible, comme dans une maison, d'ôter son manteau, ses chaussures et de s'y sentir bien. Les copains de Nikki, parfois, venaient prêter main-forte et l'endroit, terminé, fut baptisé « Le Paradis ». Ensuite, il était fréquent que la cabane soit pleine. Ce jour-là, ils étaient trois. Ben se rappelle le désespoir du jeune homme à l'idée de devoir partir pour l'Angleterre et de quitter, non pas ses parents, mais bien la ferme, les bêtes et puis Nikki. Quiconque de moins d'un mètre cinquante, en mesure d'accéder à cette plateforme, là-haut, entre les branches du saule, savait que le petit comte n'aspirait qu'à rester près de ses amis, ceux-là mêmes qui peinaient à comprendre l'intérêt de faire des études dans une langue étrangère à cinq cents kilomètres de chez soi. Une telle démarche les laissait pour le moins dubitatifs. C'était l'exact contraire qu'on leur apprenait ici : connaître et comprendre mieux encore la terre que l'on occupe, que l'on chérit et que l'on exploite. Dans la région, avec les métiers qu'exerçaient la majorité de leurs parents, il s'agissait bel et bien de rester. Abel, tragiquement, était voué à l'exil. Il voulait demeurer caché dans l'arbre pour le restant de sa vie. Très affectée, Nikki arguait, convaincue elle aussi, qu'ils se reverraient à chaque vacance scolaire, mais très vite, en un trimestre à peine de l'autre côté de la Manche, il s'adapta avec une facilité étonnante, sa bouille exquise, son accent français et sa grande débrouillardise, en partie acquise à la ferme, lui conférant charme et fascination. Son objectif, désormais, consistait à convertir le plus grand nombre de ses nouveaux camarades d'école en amis, voire en disciples. Aussi, pour Abel, commença très tôt et très vite une quête effrénée de popularité qu'il parvint à nourrir remarquablement. La bête affamée prit du poids et en quelques mois il devint la mascotte du collège. Ensuite, il ne fut plus question de rentrer et lorsque, à de rares occasions, il passait quelques jours au château, il évitait la ferme et son environnement, aux antipodes de sa nouvelle vie.

Et ni Nikki, ni Ben, ni personne ne le revit plus.

— Tu dors ?

— T'as pas changé.

— Tu te souviens de moi ? Ben. Le frère de Pierrot. Le petit blond qui se planquait parfois avec vous au « Paradis ».

Ben s'approche du prisonnier. Il dépose la pointe de sa semelle épaisse sur le coin de la chaise, en appui et voilà qu'il rit. Un rire comme une explosion.

— T'as vraiment cru qu'une journaliste s'intéressait à toi ? Elle aurait raconté quoi à ton sujet, la brave dame ? Tu penses qu'elle aurait dressé une sorte de panégyrique de l'homme inspirant que tu es devenu ? Je t'imagine recevoir le SMS et devenir fou de joie.

De nouveau, Ben éclate de rire.

— Tu assassines un être unique au monde, bien supérieur à ta petite personne, et pas une seconde tu hésites à donner de la voix ? Tu penses qu'ici ou ailleurs, quelqu'un a envie de t'entendre ?

Tu vois bien que non. Tu vois bien que c'est trop tard. C'est à ton procès qu'il fallait venir et parler. J'y ai assisté. Toi pas. Mais peut-être était-ce une bonne idée que tu n'y sois pas allé ; si on t'avait vu, les autres et moi, on t'aurait fait la peau. Car il y a, comment dire… un art de recevoir en face les coups que nous maîtrisons mal. Surtout lorsque la douleur est féroce et gratuite. Console-toi de ne pas être mort encore. Regarde-la, regarde-la bien dans les yeux, cette femme, qui jusqu'ici, t'a laissé la vie sauve… Tu aurais pu mourir dix fois aujourd'hui, à toutes les heures de l'après-midi, d'une manière qui n'aurait ému personne dans cette pièce. Est-ce que tu sais que les peuples qui pratiquèrent les sacrifices humains les plus atroces furent les agriculteurs ? Personne, dans l'Histoire, ne fut jamais aussi cruel que nous, les paysans.

Ben retourne auprès de la bande. Le vin et la bière, nappant les gosiers tièdes, enivrent les âmes. Et plus le temps passe, au cœur de cette cathédrale en chêne, plus Nikki, épuisée, a le sentiment de disparaître. Elle parle moins, elle entend moins, elle bouge moins. Au loin, quelque part, ses yeux cherchent à comprendre l'agencement de la pièce et de son espace, des corps vivants qui se mêlent aux cadavres des bouteilles, des bribes de cauchemars la hantent, une forme d'égarement proche de l'hallucination ; des bêtes mortes lui tombent dessus, des carcasses de bovins, leur peau en lambeaux maintenue par un fil. Elle ferme les yeux, les rouvre aussi vite, Magali danse en tenant son ventre encore plat, Sven enlace sa femme, les rires des autres vibrent en cascade, tout lui semble soudain si lourd ; l'image sacrée de la vache, sa chair à elle, les rives de son enfance et sa peine aussi.

Elle saisit la bouteille de bière, la vide en un coup, le liquide a le goût du blé, c'est toujours la même chose, pense-t-elle, quand on se sent faible et qu'on aimerait être mille pour se croire forte, on se retrouve seule avec soi-même, ivre, trempée jusqu'au cou, avec, partout, le goût du blé. Les minutes passent, la lumière faiblit, elle s'assoit, floue et vide, autour d'elle les évidences tombent comme des feuilles. Ne reste que son corps exsangue et plus loin, elle aperçoit Abel, croupissant sur sa chaise, dont elle attend la chute, lente et laide. De dos toujours, le visage tourné vers le mur, de la fête il entend tout mais ne voit rien. Alors, elle pense qu'elle doit agir, qu'il est temps de mettre fin à ce cirque, au grand bain du n'importe quoi, à cette vie dégueulasse où l'on peut en toute impunité crever une vache comme on crève un pneu, à la justice pour les puissants où le travailleur sincère n'a plus rien d'autre à foutre que se coucher en attendant qu'on lui marche dessus.

Nikki s'approche du bar. Sur la planche à charcuterie est posé un large couteau en acier de taille moyenne, lame simple et polyvalente, tranchant lisse, manche rouge antidérapant en plastique percé de trois points de soie métallique. En le saisissant, son cœur s'écrase. Elle pensait en être débarrassée mais l'idée lui est revenue brusquement et l'air, soudain emplit d'un bruit de métal, taille son corps en deux, elle est la femme, elle est la bête, renvoyée à l'enfant qu'elle était où les deux entités, à l'époque, faisaient bon ménage. Avant d'être arrachées l'une à l'autre, avant que sa vie ne bascule, ne devienne le déversoir de ses rancœurs, avant que son père ne flanche et que les jours ensuite, aient un goût de fracas. Par la fenêtre qui s'épand du sol au plafond, la lune apparaît entre deux branches d'arbres, lumineuse comme un cédrat. Nikki saisit le couteau, respire en saccades, est-ce l'alcool ou la présence des amis autour du méprisé, honni sur sa chaise, qui la pousse à un regain de colère ?

À présent, elle veut poser un acte définitif. Il faut payer, et payer très cher.

Chapitre 21

Elle n'a aucune idée de l'heure. Le matelas la dévore. La nuit, si courte, la retient encore. Draps couverts de sueur, cervelle au bord de l'explosion, où diable est-elle ? À peine sa conscience affleure qu'elle se redresse d'un coup. La voilà assise, au milieu du lit défait comme une bataille. Les souvenirs, par bribes, reviennent avec leur arrière-goût amer du chaos de la vieille. Elle se recouche, pense mou, sa mémoire est bègue. Si elle est vivante, c'est peut-être que l'autre est mort ? Celui qu'elle a voulu tuer du moins. Dans la chambre, il fait encore noir, la lumière du couloir glisse sous la porte ajourée et dehors, le soleil flamboie comme une aubaine.

Panique. Elle observe ses mains, les paumes surtout, puis ses ongles, elle jette ensuite un regard à ses vêtements roulés en boule au pied de son lit. Sur le bord du matelas, elle s'assoit d'un coup, saisit le tas et passe en revue chacun des habits qu'elle a portés la veille à la recherche d'une tache de sang, d'une déchirure ou d'une trace de violence. À l'exception d'une odeur rance d'humidité et d'un peu de boue sur le bas de son pantalon, elle ne trouve rien.

Elle ouvre les rideaux. Par la fenêtre, le bleu du ciel s'étend comme une mer d'huile.

Ses mains tremblent, ses bras tremblent, son corps tremble, ses dents claquent, elle a froid. Elle a peur. De qui ? De quoi ? D'elle-même.

En période de guerre, un tir sur trois est manqué volontairement. Malgré la raison valable, il n'est pas aisé de supprimer la vie.

En période de paix, les statistiques n'existent pas ; le tir est prohibé. À son prochain, faisons du bien. Toujours.

Y aurait-elle dérogé ? Sa mémoire, éteinte, ne lui donne rien à penser. Serait-elle devenue folle ou assoiffée ? Tout s'est-il passé dans l'ordre ? Le kidnapper, le retenir en otage, lui lire la lettre, attendre les autres et collectivement… le tuer ?

Hier soir, mardi 27 août 2025 : mort du comte Abélard de Hesbaye et du Saint-Empire ?

Panique encore. Nikki pousse un cri en implorant ses souvenirs.

La veille, il est vingt heures environ : Nikki n'en peut plus. Autour d'elle, le foutoir, réel, est insensé ; les camarades sont joyeux tandis qu'Abel s'est pissé dessus, il est assoiffé, affamé, sa tête penchée pendouille comme un asticot. On jurerait l'enfer. Une image lui revient sans cesse désormais, celle des mocassins Tod's d'Olivia, posés comme des petits êtres délicats sur la terre noire, bien propre, immaculée même, du parterre de pétunias, et la comtesse s'adressant à Nikki comme *l'amie des champs*. Sans prénom, ni identité, partiellement fondue dans sa mémoire, quasi disparue.

Elle tient le couteau dans sa main droite, son poignet enserre le manche, la lame tournée vers le sol. Elle recule d'un pas et se retrouve pile dans le dos du trader. L'arrière du crâne d'Abel, incliné, s'offre à elle comme un trophée *On dirait un rond-point*. Et de là, elle aurait pu frapper à la base de son cou, à droite ou à gauche, comme elle emprunterait une direction, va savoir, doigt mouillé levé au vent, plutôt l'est ou l'ouest ?

Quelque part, au fond d'elle-même, elle aimerait entendre ce qu'Abel pourrait avoir à dire, espérant qu'il lui adresse réparation, tout être humain blessé attend d'être absous d'une forme perverse de culpabilité qu'il s'attribue à lui-même tant que le vrai coupable ne l'en défait pas. L'idée de lui ôter son bâillon et de le laisser parler la traverse mais elle redoute de verser dans la complaisance. Elle craint que dans la souffrance qu'il exprimera, il pavoise. Qu'il soit au centre et que son avis compte.

Or, ce n'est pas lui qui est en train d'écrire cette histoire. Le récit est entre les mains de Nikki, il doit le rester, d'ailleurs ça ne lui déplaît pas d'être, pour une fois, aux commandes.

En effleurant l'épaule d'Abel, il tressaille. Sa gorge crache un son rauque. La complainte du condamné doit s'arrêter là, à la tentative d'extraction d'une trouille immense coincée dans sa trachée, mais rien de plus ne sera toléré. Ni un son ni un mouvement. Et pourtant, il remue. Dans sa vie d'avant, il était plutôt du genre agité, peu à même de rester assis, encore moins contraint. Mais la roue a tourné. Nikki le frappe, une claque bien envoyée du plat de la main sur l'arrière de l'épaule. Plus rien ne bouge ensuite, le corps d'Abel se fige, nécrosé par le coup, on dirait un caillou. Elle se tient derrière lui, il ne la voit toujours pas, à peine perçoit-il son parfum, un effluve douceâtre qui se mêle à sa propre odeur de pisse ça lui rappelle sa toute petite enfance, à l'école maternelle, quand il lui arrivait de mouiller son pantalon, il pouvait rester des heures durant, la culotte trempée, suintant l'urine, fraîche d'abord, frelatée ensuite, juste parce qu'il n'osait pas prévenir la maîtresse. Et voilà qu'un quart de siècle plus tard, la même pestilence inféode le même être humain.

Il en faut du cœur à l'ouvrage pour tenir cet homme et son miasme de rat crevé en otage. Pour se donner du courage, Nikki remonte ses manches, la gauche, puis la droite, ensuite elle se penche et lui murmure des mots dans une langue de hyène qui lui annoncent sa fin – qu'on en finisse bon sang – mais étrangement, chaque menace est effacée à l'instant même où elle est formulée. Pourtant elle en est certaine, les mots sont prononcés, ils existent, elle n'a pas rêvé.

De tout mon cœur, j'essaie de te tuer, Abel. J'essaie vraiment.

Quelques secondes encore, elle fixe le dos et les épaules du comte puis s'évade de nouveau, les imaginant se couvrir d'un sang chaud qui roulerait le long de son artère carotide pour finir en flaque noire, sur le sol, de part et d'autre de la chaise. En enfonçant la lame doucement, à sa base, elle percerait la couche primaire du derme jusqu'à perforer son cœur, dont elle pense qu'il l'a déjà abandonné, une première fois, à l'aube, trois ans plus tôt, dans le suintement de l'herbe rouge.

Entre-temps, Pierrot s'est approché et s'adresse à Nikki qui se retourne, fait rouler le couteau entre son pouce et son index comme le bâton d'une majorette. Il pose sa main sur l'avant-bras de son amie, sa peau rosée fondue dans la couleur de son pull abricot et, délicatement, saisit l'objet tranchant.

Le moment est arrivé, pense-t-il, qu'elle s'en défasse. Le pli de la haine se prend vite.

Abel n'est pas un adversaire, il est un ennemi. L'adversaire est à vaincre. L'ennemi à détruire. L'objectif devient une obsession et le compromis impossible. À s'y perdre.

Si elle avait voulu tuer Abel elle l'aurait déjà fait, c'est bien qu'il est question d'autre chose à présent. L'hypothèse qu'elle se soit enferrée dans un projet dont elle aurait perdu de vue l'objectif, ou du moins son intérêt, lui semble plausible. Dans ce cas, c'est à lui, l'ami, le confident, la personne de confiance, de manifester ses doutes ou de l'aiguiller vers une alternative.

— Il est temps de le faire parler, tu crois pas ?

Nikki ne répond pas.

— Allez.

— Non, murmure-t-elle.

Alors Pierrot insiste et Magali s'approche.

— Il a raison.

On sent que Ben aussi, à ses côtés, aimerait en découdre autrement.

— Je suis d'accord. Et toi, Nikki, tu mérites d'en savoir plus.

Ensuite, ils sont deux et puis soudain dix à faire diversion en encourageant l'initiative.

— On veut savoir s'il a appris, ajoute l'un.

— Appris quoi ? demande l'autre.

Un temps passe, personne ne répond alors le quatrième répète :

— Appris quoi ?

— Qu'on est aussi des vaches, conclut Maurice.

Nikki les observe un à un, les protecteurs de sa conscience et peut être même de sa vie. Ils veulent du verbe, après le long silence. Elle tient une minute au bord de tout ça, des secondes qui lui paraissent des heures, dans sa tête elle revoit l'animal qui se traîne, la tache de sang jusqu'aux racines de la terre, tordu de douleur dans la rosée. Elle revoit son père aussi, paumé dans ses pensées à force d'avoir perdu la parole, abandonné, à force de n'avoir plus ni l'usage de son corps ni de ses libertés.

Et, depuis, sa vie déchirée.

Malgré la crainte qu'Abel se complaise dans ses justifications, qu'il ramène à lui la douleur, qu'il se victimise, qu'il cherche ailleurs une responsabilité, qu'il se dévoie, qu'il tente de reconfigurer son image, qu'il transforme sa honte en un outil distingué, il y aurait peut-être une certaine vertu à le forcer à s'exprimer devant eux, réunis en un bloc soudé, tenus coude à coude comme une chaîne populaire.

Alors que, misérable, le suzerain se raconte, les vassaux devenus puissants tendent l'oreille.

Elle tremble. Elle a mal aux muscles, mal à ces heures face au bourreau de Chance, elle a la honte rentrée, elle a beau s'en donner la conviction, elle n'est pas de nature à trouver du réconfort dans la domination.

C'est vrai qu'elle est une vache. Qu'ils le sont tous.

« OK. »

De son sac à main, elle extrait un carnet, son journal personnel et sur une page vierge, elle note en lisant à voix haute : « *Comment devenir une vache : suivi d'intégration du nouvel arrivant.* »

— C'est comme un livret d'ouvrier, précise-t-elle à Abel. Où ton boss noterait tes états de service, tes progrès. Vert foncé : excellent, bleu :

bon, orange : moyen, rouge : mauvais. Et tout le monde ici présent, tes chefs donc, sont en droit, à tout moment, de consulter ton livret. Nous sommes tes patrons tout-puissants. Nous avons le droit de vie ou de mort sur toi. Comme au bon vieux temps des colonies ou de la Troisième République. T'es comme un gars qui travaille dans une mine : si tu réponds à côté, tu redescends au grisou. Et boum ! Alors tâche de t'y prendre correctement, proprement, intelligemment. Pour leur faire honneur.

Aussitôt, son regard file par-delà vitre, ce n'est pas vraiment de l'orage, une ondée plutôt, la pluie se met à taper contre les vitres, elle noircit les champs et aussi vite qu'Abel incline la tête en signe d'approbation, dehors, le soleil se change en clou.

Les choses, ensuite, progressent dans le calme, en quelques manipulations simples, la chaise où se trouve ligoté Abel est tournée vers l'assemblée. Chacun prend place, debout, assis, adossé, peu importe. Il convient d'écouter ce prévenu déjà condamné, dans le cadre d'une convention implicitement approuvée par tous : l'objectif visé est d'entendre de sa bouche la reconnaissance de sa culpabilité et rien que sa culpabilité. Abel lève la tête, le coup d'œil perdu dans un mur de glace érigé devant lui, une quinzaine de regards charbon imbriqués l'un dans l'autre, fermés comme les portes de l'enfer. Sa peau piquetée, chair de poule, le brûle jusqu'au cou. Pas une âme pour lui adresser compassion ou courage.

Accoudée au bar, une bière dans la main droite, Nikki se lance :

— Déclinez votre nom.

— Abel.

Sa voix étouffée résonne pour la première fois dans ce lieu immense. Il tire sur ses liens, geste parfaitement inutile, ses poignets et ses chevilles sont soudées à la chaise.

— Rouge ! intervient Nikki qui note une croix.

— Abélard de Hesbaye.

— Rouge !

— Le comte Abélard de Hesbaye.

— Âge ?

— Vingt-neuf ans.

— Profession.

— Banquier.

— Domicile ?

— Londres.

— Qui suis-je ?

— Véronique Perdieux.

— Mais encore ?

— Agricultrice. Fille de Jean et Anne Perdieux.

— Mais encore ?

— Amie d'enfance.

— Poursuivez.

— Propriétaire de Chance. Que j'ai tuée le 13 septembre 2023, il y a deux ans.

— Comment ?

— Avec un fusil.

— Pourquoi ?

De longues secondes, le silence se répand dans la grange comme un lac, où les toux, les raclements de gorge, les bruits de pas ricochent comme des grains de sable dans une tempête.

— Pourquoi ? répète Ben.

— Parce que je suis un con.

— Orange !

— Un imbécile. Je me suis comporté comme un gamin.

— Orange !

— T'as raison, pire. Un crétin. Un pauvre type.

— Orange.

— Un abruti, un bâtard, branquignol.

— Un quoi ? Tu te fous de ma gueule !

Nikki jette son Bic à terre.

— Je vais me casser, lâche-t-elle. Je t'ai pas dit, mais si je m'en vais, c'est noir. Et si c'est noir, c'est mort.

— OK, j'ai compris. J'ai très mal agi.

Paniqué, Abel se reprend.

— Nikki, je te demande pardon. En même temps, si tu me donnes la parole, c'est pour l'entendre, non ?

Et le silence de nouveau. Qui fait le calme. Qui fait le vide. Pierrot s'approche.

— Tu te crois où ? Devant ton miroir ?

Il enfile sur la tête d'Abel un sac en papier kraft.

— Voilà, comme ça, t'arrêtera de t'regarder.

D'un coup, le corps d'Abel se raidit, il inspire de l'air à pleins poumons, plaquant le sac sur son visage, on dirait une sculpture en papier mâché. Puis il gueule :

— Non ! Attends ! On était tous défoncés ce soir-là. On avait trop bu. J'ai déconné.

Un bruit de feuille chiffonnée se mêle aux paroles du détenu, des bulles de mots encombrés de matière s'accumulent autour de lui, dans le sac, il chavire à nouveau, graillonne encore puis reprend ses esprits.

Comme il doit se détester à présent. Comme il doit abhorrer la faiblesse qui a pris possession de lui tout entier. Sur le rebord d'un gros radiateur en forme de tuyau qui court sous la fenêtre se trouve un marteau posé sur une boîte de clous.

Abel poursuit :

— Je… je ne savais même pas ce que je faisais.

Nikki saisit l'outil, manche en bois, tête en laiton, elle s'approche du billot et en une attaque brève, le frappe bruyamment.

— Orange !

Scellé à la chaise, le comte sursaute.

— Je n'ai pas voulu la tuer, Nikki !

De nouveau, Nikki écrase la frappe du marteau contre la surface en chêne massif. Et Abel ferme les yeux.

— Je sais plus… quoi dire.

— Pauvre Abel.

Elle connaît son dossier. Depuis trois ans, elle a tout lu, tout écouté sur les processus de violence, le sentiment d'impunité, les expressions de domination, les mécanismes de défense, d'inversion de la charge, les ressorts multiples de la culpabilité, la lâcheté et la victimisation. Ce qui fait qu'un agresseur, de vache, d'enfant, de femme, peu importe, se perçoit rarement comme tel.

— Tes états de service sont mauvais, tes patrons tout-puissants très déçus, articule Sven.

— Mais quoi ? Qu'est-ce que tu veux entendre ? Tu crois qu'on vit tranquille quand on a ça sur la conscience ?

Bruit de marteau lancé sur le bois dur. Abel baisse la tête. Ça lui fait mal partout.

— Rappelle-toi ; droit de vie ou de mort... ! lâche Pénélope.

La jeune maraîchère profère l'injonction tranquillement et avale une gorgée de bière. Les autres sont retournés à leur place. Une quinzaine de regards lancés sur l'homme coupable attendent qu'il atteste d'une vérité à laquelle il se refuse l'accès. On veut sa peau, mais la nuit risque d'être longue, pense Ben.

— J'ai pas voulu lui faire de mal....

— Le temps des colonies, mon Loulou, intervient Pierrot qui a pris la place à côté de Nikki.

— Je me déteste, si c'est ça que vous voulez savoir.

— Gnagnagna, siffle cette fois Denis, comme si l'un après l'autre, chacun avait pris le pli d'un même élan, d'une même conviction, collective.

Ne sera jugée recevable dans les mots d'Abel que la reconnaissance d'une impossibilité à y accéder, puisque en toutes autres occasions, en toutes autres tentatives, la honte qu'il oserait exprimer se transformerait en un outil de noble facture, une sorte de récit de résurrection quand elle devrait être une épreuve de silence et de transformation. Contrairement à ceux présents dans la pièce, qui ont vécu dans leur chair, au premier rang desquels Nikki, la violence imposée par Abel, il n'est pas encore en mesure de comprendre qu'il ne s'agit plus ici de raconter sa vérité, mais bien d'écouter celle des autres.

— Tu cherches désespérément, hein ? demande Ben.

Il hausse alors les épaules, par désarroi peut-être, puis Nikki écrase la canette dans son poing qu'elle jette dans la poubelle posée à plus de trois mètres,

« Goal », souffle Maurice sous le regard taquin d'Hakim qui s'approche d'Abel et lui balance, sérieux et immuable.

— Ça va être ton carnage.

L'otage frissonne. Sa tête est engourdie, il entend une multitude de voix comme s'il faisait face à une assemblée d'aliénés, il les entend psalmodier des sons insensés, un concert monocorde de vocalises sauvages, pourtant il sait que son esprit déraille, que le public face à lui est bien réel et sain d'esprit ; des boulangers, des pharmaciens, des cultivateurs, des éleveurs, des professeurs des écoles, des gens normaux qui ont fait des études et construisent des familles, avec le souci constant de distinguer le bien du mal. Il a pourtant le sentiment d'affronter le chaos face à lui. Ou est-ce le contraire ? Incarnerait-il à lui seul le chaos présenté face à eux ?

La fin des repères. La fin tout court.

Ravagé par la perspective de sa mort possible, d'un moment à l'autre, servant sur un plateau macabre à l'assemblée des locaux son impuissance à comprendre ce qu'on attend de lui, il se répand en larmes, il pleure mal, de travers, on dirait qu'il n'a pas l'habitude, il s'étrangle, toussote comme un être malingre, *c'est exactement ça*, pense Nikki, il est un petit homme qui tend à s'amoindrir pour disparaître.

— Arrête de pleurer !

Le sac en papier posé au sommet du corps d'Abel continue de s'agiter sur sa tête, dans une drôle de chorégraphie et, peu à peu, le kraft tabac s'imbibe de larmes qui transpercent la matière de taches sombres.

À mesure que la pluie se mêle à l'obscurité, la pièce plonge dans la nuit. Abel se reprend, renifle, tente de rassembler les décombres d'une dignité anéantie. Infortuné, maltraité, coupable, la mérite-t-il vraiment ? Il renifle encore, le cœur dans les pieds. Avec ses mains liées derrière son dos, il se tient raide comme une statue de sel et la morve coule, de son nez à son menton, sous le papier, s'écrasant sur ses cuisses en gouttes de gel.

— Recommence.

Il ne sait même plus qui lui parle, il est épuisé, inspire profondément, cherche un air nouveau, une intuition, l'idée du siècle pour le sauver.

— J'ai pas d'excuses. Je me suis perdu, j'ai…

Pffff… sifflé dans ses oreilles. Magali soupire bruyamment, avale une autre gorgée de sa bière qu'elle dépose, avant de se retourner et d'entamer une conversation avec Delphine, assise juste là, sur un tabouret, adossée au mur en crépi. Et comme elles, les autres s'y mettent aussi, un temps les attentions se détournent de l'homme ligoté, d'un coup, ça papote de gauche à droite. Le silence rompu, chacun reprend le cours de sa petite soirée, symphonie collective de l'ignorance et du dédain jouée autour d'un buffet tout droit sorti de leurs potagers, blindé de productions du cru. C'est un rapt écoresponsable, pense Nikki. Une action politique dont l'objectif est de supprimer le trader de la surface du globe sans produire le moindre déchet. Rendre service à l'humanité en un double coup gagnant. Pour la première fois, elle sourit.

Maintenant, sur Abel immobile, le froid et l'humidité descendent. Ses paupières se ferment, lourdes comme de l'étain, et pourtant il ne dort pas. Il aimerait demander une petite laine pour couvrir ses épaules et repense à sa mère, dans le salon bleu, au coin du feu, qui tricote pour ses fils des écharpes qu'ils ne porteront jamais, dont une pile fut retrouvée au lendemain de la mort d'Igor, planquée dans le placard de sa chambre. Abel en avait volé une, la rayée rouge et vert, pour une raison aussi étrange qu'inexpliquée, d'autant qu'il s'était contenté de la ranger à son tour, dans un placard de sa propre chambre, cette fois.

Il frissonne.

— Tu as froid ? s'enquiert faussement Arthur, dit Chuck, le professeur des écoles du village voisin.

Sans rien espérer en retour et comme s'il lui donnait un bâton pour se faire battre, Abel acquiesce. Le sac, d'avant en arrière, se meut.

— Elle a dû grelotter, elle aussi. Entre l'impact et la mort, son agonie a été une longue chute glaciale. La température corporelle dégringole. Pour ta gouverne, sache que Chance est morte de froid avant de mourir tout court.

Abel pousse un cri.

Accroupie dans un coin, à une dizaine de mètres de lui, canette en main, Nikki lance :

— Qui t'autorise à hurler comme ça ?

— Tu crois quoi ? Que je vis tranquille à Londres, avec ça sur la conscience ? Je suis un lâche, j'ai pas ton courage ! Ça te va ?

Avec un mouchoir sorti de sa poche, Nikki essuie la sueur de son front, elle remue les lèvres, le bout de sa langue pointant sur ses incisives, puis elle émet un son, un genre de rire étouffé, mêlé à une grimace. Elle glousse, un éclat presque demeuré, encouragé par l'hilarité des autres. Du sourire à peine soutenu à la franche rigolade, tout le monde se bidonne, se moque, l'humiliation, palpable, est aussi laide que le corps avachi, sac par-dessus, suintant sueur et colère du condamné.

— Rouge, souffle calmement Abel, à sa propre intention.

— Bah oui, applique-toi, bougonne Ben.

— J'ai été cruel.

La dernière des lumières du soleil est tombée d'un coup, une lueur orange foncé éclabousse le mur du fond.

— Je sais ce que vous pensez de moi.

— Ah bon, s'étonne Pénélope. Et on pense quoi ?

— Que je suis né le cul dans le beurre et que j'ai pas à me plaindre.

— T'es vraiment une flèche, soupire Magali.

— Sauf que c'est plus compliqué que ça. Je…

— Oh ! Tu comptes quand même pas nous dérouler ton émouvante biographie ? l'interrompt Alice.

— C'est juste pour expliquer que les apparences, parfois, sont…

— T'embêtes pas, on a compris, lâche Sven. Et au risque de te décevoir c'est comme ça pour tout le monde. Pas dans le détail, mais globalement, le concept est le même. En revanche tout le monde n'a pas fait ce que tu as fait. Tu t'es cru au-dessus des règles, au-dessus de nous, au-dessus de tout. La vérité, c'est que tu n'as même pas conscience de la valeur d'une vie.

— Si j'ai pas conscience de la valeur d'une vie ? hurle Abel. C'est à moi que tu demandes ça ? Nikki, tu te souviens que je t'ai raconté la mort d'Igor ?

Nikki ferme les yeux. Et voilà, on y est, songe-t-elle. Elle s'y attendait. Ça manquait presque. Les cases du schéma qui se cochent une à une, la soirée se déroulant, Abel faisant usage de toutes les grossières subtilités du processus de victimisation.

Il pense que personne ne sait, que personne ne s'est renseigné, que personne n'a lu des articles, des études, des rapports psy sur les gens comme lui, les mecs violents qui sont propres et bien éduqués la plupart du temps, qui font bonne figure, donnent le changent, ont de l'humour, de l'entregent, de la culture, mais qui ont surtout une faille. Ils pensent que le public face à eux ne voit rien, ne comprend rien. Non qu'ils soient idiots, sûrement pas, bien au contraire, Abel garde le souvenir chaleureux de ses anciens camarades de jeu de campagne et puis c'est important les métiers de terrain, ancrés dans le local, le secteur primaire comme on l'appelle. Il pense qu'ici aussi il peut duper, puisque il l'a toujours fait.

« Si je me souviens que tu m'as raconté la mort d'Igor ? » Nikki se tait, pourtant elle aimerait crier, n'importe quoi, un truc platement grossier, genre « bordel de merde ! » ou « va te faire foutre ! », qui n'aurait d'autre intérêt que d'exister. À la place, elle scrute ses propres mains de paysanne, d'artisane, de pétrisseuse de la terre, d'éleveuse de cochons, de conductrice de tracteur, de changeuse de roue, de visseuse de boulons, ses mains qu'elle utilise comme elle respire pour tout et en toutes circonstances, qu'elle se retient maintenant de balancer dans la figure d'Abel, tandis qu'il poursuit, comme un petit soldat du roman familial servi sur un plateau de doutes et de mensonges dont il est incapable d'identifier les sources. « J'ai pas de souvenir de lui. Rien. Juste des silences. Des regards à table, entre mes parents et mon autre frère qui faisaient semblant d'être vivants. Qu'un lien de deuil unissait et dont j'étais exclu parce que trop petit. Ensuite, on ne m'a jamais parlé de lui. On ne m'a jamais raconté comment il a attrapé une méningite, ni la façon dont il est mort. Mon frère était là un jour, et plus là le lendemain. Puis, Léon est parti en pension en Angleterre, je suis resté seul avec mes parents, et personne ne s'est jamais soucié de savoir comment j'allais. »

Pendant un court moment, personne ne parle et Abel, conscient qu'il détient l'attention brève de son assemblée s'engouffre dans la brèche.

— Surtout, on ne m'a rien expliqué, rien raconté de la façon dont il est mort. Je ne sais pas ce qu'il a dit juste avant de mourir, s'il a souffert, s'il était conscient ou pas. Igor est mort, mes parents ont éteint la lumière et j'ai grandi dans le noir.

Nikki fronce les sourcils, ses mains s'agitent au milieu des effluves d'alcool, des volutes de cigarettes. Posées en droite ligne sur le rebord de la fenêtre, des bières légères attendent d'être bues. Elle s'en ouvre une autre, a besoin d'un coup de boost, ce tribunal improvisé sera une libération ou au contraire un piège, elle n'y voit plus rien, quel sens y a-t-il à espérer de l'Autre la rédemption quand celui-là même qui a commis le pire prétend être en souffrance de son propre récit ?

Appuyée contre le mur en briques apparentes, elle se tient debout au fond de la pièce. À présent, ses doigts manipulent un objet rond qu'elle fait passer d'une main à l'autre. Vadim, le boucher du village, un type à moitié rasé, pas bavard, des taches de sang sur son tablier bleu ciel, lui file de quoi manger un peu, des tranches de saucisson qu'il lui tend une à une.

— Mon père est un con.

— Ta gueule ! l'interrompt sèchement Delphine en allumant une cigarette. On a tous des pères à la con, je te signale, c'est pas un passe-droit pour dire ou faire n'importe quoi !

Le temps d'exhaler, bouche dressée vers le plafond, une fumée longue, elle ajoute :

— C'est fou cette passion qu'ont les riches pour leurs petites histoires de famille.

Nikki se marre, tire une chaise, se rapproche de l'otage, elle voudrait lui parler tout près pour qu'il entende bien mais se ravise aussi vite ; Abel exsude une pestilence telle que l'autre recule d'un mètre au moins.

— Tu veux un scoop ? lui demande Nikki.

Abel, muré dans le silence, remue à peine.

— Tu veux ou pas ? insiste-t-elle

— Oui, lâche-t-il du bout des lèvres.

— Le dégénéré qui a tué Chance, c'est toi. Pas lui. On peut attribuer tous les torts du monde à nos parents, leurs erreurs, leur éducation douteuse, leur ego, leurs traumas, blabla, mais après tout on est responsable de ses actes.

Chapitre 22

Vérité, *bullshit*, certitudes, doutes. Nikki se demande si tout cela revient au même ?

Entre ce qu'elle est capable d'observer d'un point de vue et ce que l'autre voit du même endroit... il y a toutes ces choses humaines qui sont disposées de telle manière qu'il semblerait que la liaison soit impossible. Elle est convaincue d'avoir bien fait, du juste sens de cette journée dont elle craint, par moments, qu'elle ne finira jamais. Et l'instant suivant, elle se demande si elle n'est pas, au fond, la plus irresponsable d'entre eux.

Un temps, elle a cru que sa vengeance lui offrirait un abri. Alors, méthodiquement, pendant des mois elle a fomenté son plan et planifié « la journée idéale de la rétorsion ». D'abord seule, et puis accompagnée. Le fait que les autres, amis d'enfance ou collègues n'aient jamais, à aucun moment, démenti le caractère incontestable de son projet, lui a donné confiance.

À la réflexion, elle aurait pu penser la chose tout autrement.

Pardonner. Oublier. Faire sienne la douleur éprouvée à la mort de la bête pour la transformer ensuite en une substance humaine vertueuse.

Chance, après tout, n'était qu'une vache. Sans conscience véritable. De celle, du moins que l'on prête aux humains, de celle qui compte. Y avait il du fondement, au-delà du chagrin et de la douleur, à répandre ainsi la violence ?

Se contenter de questions. N'y apporter aucune réponse. Les premières rassemblent, les secondes divisent.

Ce n'est pas fini. Ni le supplice d'Abel, ni le venin face à lui.

Quand Nikki commence, elle termine.

— Ôtez-lui son sac.

Immédiatement, sentant naître quelque chose comme le point d'orgue de cette soirée, Maurice approuve. Et de la même manière, dans une sorte d'élan collectif, comme s'ils étaient joints par une force invisible, Sylvia, Vadim, Pénélope, Ben, Denis, Pierrot, Magali, Hakim et Sven se tiennent à présent côte à côte, des corps alignés, verticaux, serrés bien droit, formant un muret humain, une armure.

Alors, lentement, Christelle s'approche d'Abel et libère son visage du couvre-chef en papier. Le détenu, teint grisâtre, joues gonflées, apparaît. Il ouvre les yeux et les referme aussitôt.

L'image est terrifiante.

Ils sont douze au moins, face à lui, vêtus d'un uniforme militaire, collés les uns aux autres en deux rangs distincts, les petits devant, les plus grands derrière. Indistinctement, hommes et femmes exhibent leur index gauche tendu, pouce en l'air, à dix centimètres de leur visage, et par-dessus, leurs regards qui, déjà, percent, en une seule rafale, le corps du meurtrier.

Il doit délirer, c'est certain. Tout ceci n'a aucun sens.

Il rouvre ses yeux une fois encore.

Les mêmes, devant lui, forment une troupe un peu difforme, vêtus désormais comme des civils et pourtant, tous, de la même manière, braquent en direction d'Abel un doigt pointé en guise de baïonnette fictive, épaulée contre leur joue. Il clôt ses paupières aussitôt, les rouvre sur le peloton d'exécution bardé de guns invisibles prêts à sa mise à mort. Il referme les yeux. Bandés, c'est ainsi que sont les condamnés, pour ne pas assister à leur propre mort, ne rien percevoir du temps qu'il leur reste entre le départ de la balle qui fuse et le moment où elle s'enfonce en eux.

— En joue ! éclate une voix de femme.

Le silence se fait. Dans un cri minuscule, Abel baisse la tête.

— Feu !

Une rafale, alors. Des bouches, expulsant des sons rauques, des imitations de guerre, de jeux d'enfants, de pétarades improvisées, chacun hurle, dans la pièce immense, le bruit de sa colère. Abel, sous les bombardements de sons hostiles n'a plus que ses épaules et le sommet de son crâne à offrir à l'ennemi. Il croit mourir une fois encore. Le supplice, décidément, n'en finit pas. Il s'enroule autour de lui comme un fil de torture qui le serre de plus en plus fort. Sous les couches du lien, la peau se tend, devient rouge, le cerveau n'est plus irrigué, lui viennent alors des idées étranges : Jusque-là, il pensait avoir atteint un niveau d'existence plus élevé que le précédent et jurerait qu'il en serait toujours ainsi ; une progression constante de sa vie, jamais de marche arrière. À l'orée de la mort, à se connaître si mal, il est bien forcé de constater qu'il a eu tort. Et d'un coup, au milieu du vacarme bombardier qui explose tout autour de lui, cette constatation d'avoir manqué à lui-même le rend triste. Il cherche alors un point d'attache, une lumière dans la noirceur des prévisions, retrouve aussitôt Gaïa, quelque part dans sa mémoire, et le souvenir de son sourire radieux le fait sourire à son tour. Ensuite, il fait noir dans sa tête et le silence de nouveau.

Lorsqu'il revient à lui, le temps que le peloton se dissolve, chacun reprend sa place dans la grange.

— Bon, on fait quoi ? demande Pierrot.
— On range et on se casse, souffle Ben.
— Bonne idée.
Nikki lance la balle contre le mur et la rattrape, quatre fois d'affilée.
— Je continue seule.
— Tu continues quoi ? s'étonne Pierrot.
— J'ai pas fini avec lui.
— Si t'as fini. On a tous fini. Sven pose en douceur une main sur l'épaule de Nikki. On rentre.
— J'ai un très mauvais carnet de notes à lui rendre, renchérit-elle.

— Allez… reprend Christelle.

Nikki ne dit rien.

— Viens… Tu bosses demain, moi aussi, on bosse tous.

Elle ne s'attendait pas à ça. Ou au contraire, c'est exactement la phrase qu'elle attendait. Alors, quelque chose en elle, d'à peine perceptible, se dissout d'un coup. Une colère ardente, féroce, chauffée à blanc, jusque-là si intense, jusqu'à brûler sa peau.

— Il est tard, on rentre, poursuit Magali.

Nikki approuve.

— J'ai encore un truc à lui dire. Allez-y déjà, moi je termine.

— On te laisse pas, dit Sven.

— Les amis, j'ai commencé seule, je finis seule.

Et Sven d'ajouter, un peu inquiet.

— Tu traînes pas ?

— Promis.

Il lui sourit.

Le groupe accomplit les basses œuvres – emballer les restes de tambouille, rassembler les bouteilles, nettoyer l'endroit, pour ne laisser ni traces ni empreintes, au cas où les choses tourneraient mal. Puis, les uns après les autres, ils s'en vont.

Nikki est de nouveau seule face à Abel. Une quinzaine d'heures ont passé depuis le début de la prise d'otage, c'est fou à quelle vitesse on peut défaire un homme. À quel point sa débâcle tient à la victoire d'un autre. Il est toujours vivant mais il est mort, elle le sait, et cette grange fut son couloir. Elle s'approche, tire une chaise et s'assoit face à lui.

— Alors comme ça, tu dis que tu as changé ?

Abel se méfie, prend son temps pour répondre.

— Les erreurs que j'ai commises m'ont changé, la mort de Chance surtout, acquiesce-t-il.

— Tu te souviens de ta copine à Londres, la rousse aux cheveux longs ?

À dessein, Nikki laisse un silence s'installer.

— La fille sublime. Longues jambes, visage fin, chemise jaune.

De nouveau, elle se délecte d'une réaction qui n'arrive pas.

— Tu te demandes comment je sais, hein ? Tu n'as aucune chance de l'apprendre. En revanche, tu réponds à la question suivante : donc, cette fille, que tu as violentée en la poussant jusqu'à ta voiture parce qu'elle avait osé te défier un peu, c'était quand ? Avant ou après le meurtre de Chance ?

Dans sa tête, Nikki revoit la scène et compte jusqu'à vingt.

Les pires mensonges, et de loin, sont ceux qu'on se raconte à soi-même. Nikki pousse un long soupire, songe à son propre père, entravé comme Abel mais pour d'autres raisons, sans usage ni de ses bras ni de ses jambes, la parole retenue à jamais par un dédale de disjonctions cérébrales. Elle attrape une tranche de saucisson restée sur le plan de travail du billot.

— Réponds !

Le silence demeure, le corps d'Abel remue.

— Avant ou après ?

Un instant plus tard, la voix de l'otage, étouffée, murmure « après ».

Nikki sourit.

Les couteaux ne sont jamais assez longs ni tranchants, songe-t-elle.

Puis elle s'approche de lui et récupère le sac en papier échoué sur le sol.

Un instant, leurs regards se croisent.

— Je t'ai observé, je t'ai écouté tout le long de cette journée et à présent, j'ai compris, enchaîne-t-elle la bouche pleine. Je sais qui tu es. J'ai toujours su. Dans ton cas, la justice rendue dans le strict cadre de la loi n'a pas suffi. Il fallait bien quelqu'un pour faire le sale boulot.

— Pour assouvir ta vengeance !

En acquiesçant, Nikki ne le lâche pas des yeux

— Mais oui. Et quelle satisfaction ! Je ne regrette rien. Pas même de te laisser en vie. Mais toi en revanche, tu seras toujours en prise avec ta conscience, ton karma ou que sais-je. Tu verras, la vie te réduira, couche après couche…

Abel, en retour, demeure immobile, le regard bas.

« … Comme un oignon. »

Recroquevillé sur lui-même, il ressemble à un être qui aurait perdu ses membres, rogné jusqu'à son simple buste. Un homme abrégé qui n'a pour sa défense qu'une parole trop tardive. Asséchée. Périmée.

« … Et tu ne retrouveras jamais ton chemin. »

D'un coup, sur Abel, Nikki enfonce le sac et son visage disparaît.

Puis elle traverse l'immense plateau vide, rejoint la porte qui mène à l'escalier, éteint la lumière et s'en va.

Chapitre 23

Te voilà seul.

Misérable mortel cherche aide, ciseau et lumière du jour.

Compter uniquement sur toi-même, il ne te reste que ça.

À la troisième impulsion, ton corps qui épouse les angles de l'assise, bascule avec la chaise et tu tombes sur le côté. Malgré une masse musculaire entretenue par de régulières parties de padel au Rocks Lane Club de Chiswick, ton épaule et ton flanc gauche en prennent un coup, mal accueillis par un béton grumeleux aussi dur que froid. Tu as réussi à maintenir ta tête en retrait pour éviter qu'elle ne frappe le sol. À présent, ta priorité est de libérer les attaches de tes mains. Par à-coups, tu imposes des avancées minuscules au sarcophage en bois que tu formes avec la chaise. Ton objectif se trouve à quelques mètres à peine, le long du mur ; un radiateur entièrement rouillé, prolongé d'un tuyau cassé dont l'extrémité tranchante semble utile à ta manœuvre. Sur de longs centimètres ton corps se traîne, à plusieurs reprises tu t'arrêtes, couché latéralement sur le sol, en position assise, ton aine gauche fait office de balais, tu es couvert de poussière.

Un flash te revient : le peloton de visages.

Tu progresses, mais la distance jusqu'à destination semble interminable et l'énergie dont tu disposes limitée. Tu le sais, tu le sens. Une crampe saisit ton mollet comme une décharge. Tu aurais dû suivre les conseils du docteur Graham et prendre le magnésium qu'il t'a prescrit il y a trois mois. Parfois tu n'en fais qu'à ta tête.

Il doit être deux heures et demie du matin lorsque tu atteins le radiateur. Tu as l'impression que l'embout ciselé, placé face à toi, à une dizaine de centimètres du sol, te fait signe de tenir bon. À coups de bassin, tu avances encore en positionnant la bande de Scotch qui lie tes mains jointes tout contre l'extrémité oxydée. D'avant en arrière, tu déplaces tes poignets en taillant le plastique comme tu peux. L'opération prend du temps et te fait souffrir. La position bancale de ta nuque, maintenue surélevée est un supplice, les crampes te rongent et l'impatience te gagne. Minable est ton moral. À ton image.

Aux environs de cinq heures, tes mains déliées arrachent les dernières bandes adhésives qui compressent tes chevilles bleu clair, quasiment nécrosées. En massant énergiquement, tu réactives la circulation avant de te lever, pas certain de tenir debout. Tes cuisses encore humides dégagent une odeur aigre qui rappelle les heures haïes de ton passage en maternelle. Les restes d'un saucisson laissés sur le buffet en bois attirent ton attention. En une gorgée, tu termines une bière dont tu réalises qu'elle a servi de cendrier et que tu recraches aussitôt.

Devant la grange, tu trouves ta voiture, portes grandes ouvertes, phares allumés, des cornes de bovin posées sur le pare-brise. Ainsi, ta Land Rover a des airs de Chance. Un sac en plastique rempli de déchets laissé sur le siège avant et pas la moindre trace de ton téléphone portable. Cette bande de rats a emporté tes clés. Tu n'as pas d'autre choix que de marcher. Tu te souviens avoir laissé une bouteille d'eau il y a quelques jours dans la portière passager. Elle est à moitié vide, tu la descends d'un trait.

Sur le chemin en terre, tu traînes ton corps malmené par cette nuit effroyable. Tu avances, un pied lourd devant l'autre, jetant un œil à tes Weston en daim parsemées de projections d'urine et de vomi, et tu te demandes si tout cela a bien existé, s'il ne s'agissait pas d'un cauchemar. Tu fermes les yeux, en espérant les rouvrir ailleurs, dans un endroit chaud et doux, les cent vingt-sept mètres carrés de ton duplex sur Bramham Gardens, à deux pas de Knightsbridge, où ta bombe d'avocate t'attendrait en déshabillé de satin parme, une bouteille de champagne à la main. Puis te revient en mémoire le fait que Gaïa n'a vraiment rien d'une nymphette aguicheuse ; elle est même l'opposé. Ton état mental a dû en prendre un coup sous le sac en papier. Tu regardes autour de toi, la nuit se termine sur ta médiocre condition ; un zombie partiellement déshabillé qui divague au milieu des champs. *Bitch !* Le dernier regard de Nikki te revient ainsi que certains mots ignobles qu'elle a prononcés. Étaient-ils vraiment ignobles ? Tu ne le sais pas encore mais les canons pointés sur toi, fussent-ils en doigts, te hantent déjà. Qu'est-ce qu'ils en savent de ta vie, ces gens que tu ne vois plus jamais ? En quoi se sont-ils accordé le droit de te juger et de t'humilier ? Tu n'es pas mauvais. Tu as des défauts bien sûr, tu es le premier à le reconnaître, tu aurais pu faire mieux à bien des endroits, c'est vrai. Écrire à

Nikki par exemple, lui présenter tes excuses spontanément, plus tôt. Lui signifier que tu regrettais. Tu aurais pu, mais si tu ne l'as pas fait c'est que tu avais sans doute de bonnes raisons puisque tu n'es pas mauvais. Chacun ferait mieux de balayer devant sa porte. Toi aussi. Tu y réfléchiras plus tard. Tu t'assois au milieu du chemin, la terre humide sous tes fesses te file des frissons jusque dans les reins, tu sens les larmes monter, plus rien ne tient ensemble, mentalement tu te démembres et te mets à pleurer. *Merde, non !* Tu t'exaspères toi-même, à chialer comme un gamin. On ne t'a pas appris à être tendre, ainsi tu ignores comment te protéger. Habituellement et en toutes circonstances, tu fais le fort. Mais là c'est autre chose. Là, tu ne sais plus à quel saint te vouer. Tu es paumé, assis à même la glaise, seul, à quelques centaines de mètres à vol d'oiseau de ton château d'enfance, tout juste défoncé et humilié par quelque chose qui ressemble à la vie. Tu connais la route, pour autant tu n'y as plus mis les pieds depuis des années, rien dans ce patelin ne suscite en toi l'émerveillement ou le désir. Tu as le sentiment de fouler les cendres d'un passé qui te file mauvaise haleine. En réalité, si tu pues de la bouche, c'est à cause du mélange bière-mégot, avalé pour ta survie. De nouveau, tu crèves de soif. Sur la gauche, à deux kilomètres à peine, si tu prenais la peine de regarder, tu apercevrais la ferme de Nikki au mur d'enceinte gris comme l'argile. La reine Nikki. Te vient cette image, mais tu ignores pourquoi. Y aurait-il, parmi la débauche de reproches qu'elle t'a adressés, quelque chose pour l'élever, la mettre en hauteur ? Prendre en otage équivaut-il à gagner en puissance ? À présent qu'elle t'a fait valoir sa colère, serait-elle davantage légitime ? Tu penses que le rapport de force s'est inversé et qu'en effet, sur ces terres, ici et maintenant, tu te sens minus. Nikki a raison, tu es un oignon. Et si ça n'était que le début ?

Tu n'as pas la force de te relever. Tu t'allonges de tout ton corps. À même le sol, l'aube répand une odeur de foin tellement puissante à cette période de l'année qu'elle envahit tout, jusqu'aux intérieurs des maisons. Étendu, les yeux rivés vers le ciel, tu penses à Igor, établi là-haut, quelque part. T'en souviens-tu seulement ? Ce frère que tu as si peu connu, t'a-t-il jamais manqué ? Tu n'es pas capable de répondre à cette question. Tu scrutes encore la voûte céleste, mille millions d'étoiles, tu en choisis une et tu lui envoies un baiser, *Salut, frangin.* Tu es vidé.

Dans ta tête, *En joue !* éclate comme une bulle.

En pleine campagne, à la sortie de la nuit, tu pousses un gémissement long, le cri d'un soulagement, embusqué dans l'ombre depuis des décennies qui n'attendait que d'exister. Tu voudrais t'endormir mais tu te forces à garder les yeux ouverts. Dans tes narines, les moissons clament leurs champs brûlés. C'est le parfum des longs étés de ton enfance. Tu te souviens alors d'un ciel étoilé semblable, observé au petit matin dans « le Paradis », après une nuit passée dans les bras du saule, Nikki avec toi, emballés tous les deux bien au chaud, chacun dans son sac de couchage. À l'aube, tu te levais et tu filais dans la grange, pour saluer Chance en fourrant ton visage dans le pelage doux de son cou, reniflant au passage son parfum lacté. Ensuite, vous débarquiez dans la cuisine de la ferme où tu dévorais des tartines de pain blanc au beurre et à la gelée de framboise servies par Anne dans une vaisselle à fleurs bleues. Le goût suret du fruit fondu mélangé à la tendresse du beurre te réjouissait. C'était il y a quoi ? Quinze ans. Pile au nord d'ici, par-delà les haies, les bois, les prés.

Tu te lèves d'un bond. Bouge ! Fuis au plus vite cet endroit que tu exècres. Tu marches et plus tu avances, plus tu te sens fractionné, il te semble qu'à chaque pas, tu égares quelque chose, un membre, une illusion, une certitude, un espoir. Tu deviens le vent, peut-être même une tempête, tu perçois le son métallique du chaos qui va avec, et tu te demandes si tu n'es pas en train de devenir fou.

Tu frissonnes. Tu trembles. Les larmes montent vite.

En tuant Chance, inconsciemment, tu espérais que quelqu'un, quelque part entre les murs de ce château honni, s'intéresse à toi.

Tu es un maître de l'artifice, un imitateur de la réalité et parce que tu te détestes, tu te passionnes. Si le nœud du problème pour l'être humain c'est l'imperfection alors tu es une source de réflexion sans fin. Tu cherches, tu analyses, tu te tournes autour comme un vautour, sa proie. Tu es affamé et effrayé de toi-même. En dépit de ses souillures, ton âme aime les tenues d'apparat.

Quelle vache voudrait qu'on se souvienne d'elle après avoir quitté ce monde ?

Toi tu en crèves d'envie. Tu as une obsession pour la trace. Ta trace. Mais tu t'y prends mal et ça commence à t'inquiéter. Tu es comme un plongeur qui talonne les bas-fonds pour remonter à la surface. Pour autant tu n'y restes pas. Tu en es incapable. Et tu continues à boire la tasse.

Effacer ce qui fut est impossible. C'est quasiment une loi.

Il va falloir vivre avec.

Ou pas.

Où se trouve la tombe de Chance ? A-t-elle été enterrée quelque part ? Tu n'en sais rien. Quel sous-humain es-tu pour n'avoir jamais posé la question ? Le pire c'est qu'elle te manque. L'image de sa robe fauve te revient et tu éprouves une véritable répulsion envers toi même. Elle te tend ce miroir cruel et pourtant, tu aimes t'y regarder car peu importe que le reflet y soit rance, il est au moins la preuve que tu existes.

Quoi qu'ils en pensent, tu n'es pas mauvais, tu as juste sauvé ta peau.

Non, tu n'es pas mauvais. La mort de Chance, c'était pas…

Tu étais ivre. De la bière, du vin, des shots de tequila, la fête quoi. Vous étiez environ vingt-cinq ce soir-là. Des copains d'enfance pour la plupart. Des enfants d'amis de tes parents. Le même berceau ou presque. Partout, les châteaux se ressemblent, les fortunes aussi.

Tous arrosés dès la naissance à l'eau bénite par le curé de la famille, le même qui précédemment a marié les parents et enterré leurs aïeux. Le père machin qui enfile les générations jusqu'à ce que mort s'ensuive.

Tous éduqués dans la politesse et le respect des *autres* – pour autant qu'ils soient blancs, catholiques et hétérosexuels. Tous sommés de parler plusieurs langues, de ne pas souhaiter *bon appétit* avant les repas, de fréquenter les mouvements de jeunesse – pas n'importe lesquels, ceux dont on sait que les enfants demeureront entre *gens bien* –, d'envisager des études d'économie ou de droit tandis que les filles – *lucky them* – peuvent prétendre à plus d'excentricité : pourquoi pas la psychologie, la littérature ou la philosophie, de toute façon le diplôme, pour la plupart, ne servira pas, bientôt elles se marieront, feront des enfants et bien qu'assistées d'une nounou à temps plein, ne travailleront pas. Tous éduqués à ne jamais parler d'argent ; *c'est vulgaire.* Ni de sexe : *malaisant.* Pas de gros mots non plus, ni de jouissance. Se tenir droit, écouter le père et le grand-père, reprendre les affaires familiales, faire honneur à l'ascendance.

Des clichés de la sorte, tu pourrais en citer tant d'autres, qui décrivent si justement l'environnement dans lequel tes amis et toi avez grandi. Galvaudés ou pas, ils existent. Pire, ils demeurent. Et l'entre-soi a de beaux jours car, au fond, on t'a appris, à toi comme aux autres, à te méfier toujours un peu de ceux, moins orthodoxes, qui pourraient, par le plus grand des hasards, s'intéresser à toi pour ton titre ou ton argent.

Voilà pourquoi ce soir-là, tu connaissais chaque invité, depuis ta naissance, ou presque.

Après le dîner assis placés dans la salle à manger, vous êtes passés au salon. Le vert, celui qui jouxte le salon berbère, dénommé ainsi en souvenir de ton arrière-grand-père, ambassadeur au Maroc et les quelques babioles ramenées de sa vie là-bas. À trois heures du matin, vous n'étiez plus que trois sur la piste de danse, aménagée sur le pouce en virant tables basses et canapés. Une idée t'est venue ensuite. L'idée du siècle. Sortir dans la nuit, armé du Browning B725 Hunter calibre 20 de ton père, rangé dans l'armoire vitrée du vestiaire. Une habitude « familiale », qu'il a transmise à tes frères bien avant toi, ce truc qu'ils faisaient lorsqu'ils avaient besoin de *prendre l'air* : Avancer dans la nuit noire et tirer au hasard, en l'air, à la cime des arbres.

Ça fait tellement de bien.

Tes deux copains ont suivi bêtement, sidérés d'apprendre qu'une telle activité puisse même exister dans le monde libre. En tête de cortège, tu marchais, fièrement. Jusqu'à ce qu'une autre idée advienne, sortie d'on ne sait où et susceptible de t'attribuer plus de panache encore : *et si on allait buter une des vaches du fermier ?*

Les deux sbires, pas difficiles à convaincre, *Allez...* ont embrayé. L'excitation était à son comble. Vous avez marché deux cents mètres environ, longeant la clôture, vociférant à intervalles réguliers, un vacarme de bourrés. À une courte distance de la ferme, vous avez abordé la seconde prairie en passant sous le fil électrique. Ensuite, tu as fièrement introduit une cartouche dans la chambre de ton fusil et verrouillé la culasse. Tu as calé la crosse contre ton épaule, caressé le pontet du bout du doigt avant de le poser délicatement sur la détente puis tu as orienté le canon vers la masse sombre du troupeau endormi, couché au sol, à l'exception d'une vache qui a tourné la tête vers toi, en poussant un meuglement amorphe. Tu as inspiré profondément, expiré à fond, augmenté la pression sur la queue de la détente jusqu'à ce qu'éclate la détonation.

Feu !

Suivie de près par le gémissement de la bête.

Tu n'as pas assisté à la fin de la vie de Chance. Aussitôt après le coup tiré, vous avez pris la fuite, tes amis et toi, laissant crever, dans les larmes de la première heure du jour, la bête innocente.

C'était ici, juste là, à quelques centaines de mètres, c'était hier, c'était il y a un siècle, pile à la même heure de l'aube.

Tu l'as tuée. Toi et personne d'autre. Que va-t-il advenir de ton âme ? Tu ne dormiras plus. Tu resteras éveillé jusqu'à ce que la clarté revienne en toi. Tu sais pourtant que ça n'arrivera jamais.

Sur le chemin, tu titubes. Il te manque force, sommeil, eau. Tu croules sous la charge coupable. Mais plutôt crever que de l'admettre. Si tu consens à une seule de tes faiblesses, tu t'effondres. Pense à Gaïa, à ton bonus de fin d'année, aux prochaines vacances à Ischia. Pense à tout ce chemin accompli, depuis cette cambrousse vaseuse jusqu'à tes parades londoniennes. D'autres auraient flanché, pleuré, courbé l'échine, perdu leur dignité. Toi tu te maintiens fermement, tête haute. Certes, cette nuit, tu as morflé. Tu as honte. Tellement honte que tu te jures de n'en parler à personne. Jamais Gaïa ne saura. Tu as hâte de te doucher, de jeter tes vêtements, Weston comprises, pour oublier tout ça et repartir à zéro, une giclée de Ombré Leather de Tom Ford vaporisée sous ta chemise. De toute façon, tu ne remettras plus les pieds ici. Demain, tu annonceras à tes parents que tu as l'intention de demander la nationalité anglaise et que tu renonces à ta part du château, laissé bien volontiers à ton frère Léon.

Tu feras ta valise dans laquelle tu glisseras quelques photos, les Playmobils de ton enfance et l'écharpe rayée d'Igor.

La fin de la nuit se traîne sans pitié, là où tu n'as pas encore renoncé. Au loin, enfin : le village. Parfois, tu as le réflexe idiot de chercher ton téléphone dans ta poche. Au fond, qui pour s'inquiéter de ta disparition ? Gaïa, à Londres, n'a pas la moindre idée de ton emploi du temps. Ta mère sans doute. Qui t'aura attendu hier soir pour le dîner et aura essayé de t'appeler plusieurs fois, sans s'inquiéter pour autant. Tu es un grand garçon à présent. Sur le chemin étroit, tu progresses encore. Pour gagner des mètres, tu coupes par la grande prairie. Au début, tu te donnes la peine d'éviter les bouses, ensuite, tu n'y prends plus garde, deux ou trois fois, tu foules ainsi des merdes perdues dans les hautes herbes, le bas de ton jeans infesté des souvenirs de cette nuit immonde a viré au brun crade et tes mocassins sont noyés. Arrivé devant la boulangerie qui vient d'ouvrir ses portes, tu revois la douzaine d'index pointés sur toi, l'ignominie et le déshonneur bien réels jusqu'aux portes de ta fausse mort, et tu t'écroules. Au pied d'un horodateur, ton mètre quatre-vingts réduit en un tas inerte convulse au sol, dans la rosée du matin. Il est sept heures.

Chapitre 24

Découvert à sept heures sept, le corps apathique est chargé à l'arrière de la Polo blanche de la boulangère. En chemin, Magali et Hakim partagent une Marlboro Light en silence, il y aurait pourtant tant à dire. Hier soir, tandis que les gens normaux sont allés au cinéma, au restaurant, que d'autres ont dîné ou regardé un film en famille, ces deux-là ont collaboré à une prise d'otage.

Il fait beau, Magali ouvre la fenêtre, allume la radio, « Everybody Hurts », de R.E.M., poussé à fond dans l'habitacle, Hakim connaît les paroles par cœur, elle aussi, transformées ensuite en hurlements. Après la soirée de la veille, il faut que ça sorte.

À l'entrée du château, ils débarquent Abel qu'ils allongent sur la pelouse au bord du chemin en gravier puis déversent sur sa tête une bouteille d'eau en lui filant trois claques, histoire de s'assurer qu'il n'est pas mort.

Hakim écrase sa cigarette sur une grosse pierre et de ses deux doigts, la dégage au loin. Magali le somme de récupérer le mégot : « T'es con ou quoi, c'est mon cousin qui nettoie le parc. » Hakim affiche un sourire vaguement gêné et s'exécute.

En remontant vers le village, délestés de leur noble cargaison, Hakim pousse le son – R.E.M. encore – et Magali s'interroge :

— On est quoi, nous ?

Le regard bé, Hakim la fixe.

— Qu'est-ce que tu veux dire ?

— Abel c'est la noblesse, le père Aliocha c'est le clergé, le toubib ou l'avocat du coin, c'est la bourgeoisie, mais nous, les gens comme nous, on est quoi ?

— Comment ça, on est quoi ? On est les gens. Voilà ce qu'on est.

— OK. Et c'est bien tu crois ?

— Tant qu'on progresse, approuve-t-il laconiquement.

— T'en veux une autre ? demande Magali en allumant une cigarette.

Chapitre 25

Nikki se sent déprimée. Elle dort mal. Constamment, elle rumine. Les doutes enflent, les questions surgissent.

Assignée au seul objectif de rendre au meurtrier la monnaie de sa pièce, elle a pensé la mise en action de la violence comme une libération. Et ce faisant, elle croyait accomplir son devoir. Un devoir de courage.

Sa justice. Elle espérait y trouver du réconfort, une énergie vitale, quasi anatomique, qui remettrait tout le monde sur un pied d'égalité, lui procurerait un sentiment puissant de liberté et la remplirait d'une considération pour elle-même qui prendrait les couleurs d'un panache dont elle pourrait se prévaloir ensuite. Le raconter plus tard à ses enfants et ses petits-enfants. Et voilà qu'en quelques jours seulement, depuis le rapt de la grange, il y avait eu un changement léger, le déplacement de quelque chose, un sentiment imperceptible : la lente dissolution de ses certitudes et leur glissement progressif vers un destin plus contestable.

Où est alors l'avenir meilleur ? La rémission ? L'émancipation ?

Elle s'est observée dans un miroir, traquant le sceau d'une hauteur acquise, d'un centimètre gagné, mais ne reconnaît rien d'autre que le dessin flou de ses certitudes révoquées.

Pire encore ; la possibilité d'avoir échoué.

Ne reste alors à Nikki que le temps. Qui console mais n'atténue pas l'hécatombe.

Alors, elle est prise d'un malaise et quémande de l'air.

En digne fils de médecin, Pierrot prend son pouls à chacun de ses poignets puis examine sa langue. « Dépression post-kidnapping », conclut-il en plaisantant. La vérité n'est pas loin.

Ensuite, pour occuper le vide et ses doutes, elle entreprend de décrasser les parterres en bordure de la maison et pulvérise les champs de coquelicots, gardant un œil sur une génisse à deux doigts de mettre bas. Sur un vaste terrain planté de pommiers, elle rajoute çà et là des buissons d'hortensias.

Les jours suivants, elle retourne au yoga où elle revoit Magali et son ventre plus arrondi : « On a fait une échographie hier, c'est une fille ! » Et secrètement, Nikki pousse un soupir de soulagement.

Chapitre 26

De longues minutes, tu demeures assis en silence, sans bouger, dans ton bureau vitré, flanqué au douzième étage de la tour mastodonte de ta banque, sur Broadgate, au numéro cinq.

Quarante mètres sous toi, des érables hirsutes vaquent le long de l'avenue. La teinte rubis des bus à double étage, celle des taxis, couleur cimetière, aussi sombre que ton cœur, et les odeurs de curry te procurent du réconfort. Hormis le grand vide qui te dévore depuis ton retour à Londres, cette boule au ventre qui ne cesse de grandir et que tu camoufles comme tu peux, si tu fais abstraction de cela, de ton histoire et de ta famille, tu penses que tu vas bien.

Tu inspires profondément. Le brouillard aujourd'hui, comme à son habitude, trouble la ville. Ce soir, Gaïa t'invite au restaurant, chez Gordon Ramsay, à dix-neuf heures trente. Tu t'y rendras directement après le bureau, tu as emporté de quoi te changer et te parfumer.

Plus tard, en quittant ton bureau, tu marcheras dans le long couloir comme on marche dans les cendres, tu t'entendras penser *commence par le pied droit puis le pied gauche et ainsi de suite*, tu avanceras encore, n'importe comment, le regard vide avec, dans tes poings fermés, des petits flacons de nitroglycérine serrés bien fort.

Dans ce monde, tu devras tenir. Tenir encore.

Un jour, une nuit.

Chapitre 27

Une femelle.

Quarante-deux kilogrammes tout chauds dans la prairie.

Couleur fauve. Poils cours et denses.

Sous elle, le sol maculé du sang maternel ; l'herbe est rouge.

Gasconne, onglons noirs, bassin incliné et poitrine large.

Pointes aux cornes noires.

Nikki lui a trouvé un beau prénom.

Et partout, qui crie de joie, la campagne.

Remerciements

À ma chère Marie, lectrice numéro 1, depuis le début.

À Fabian, qui éprouva ce texte avec allégresse et perspicacité.

À mon éditeur, Adrien Bosc, et à son équipe attentive.

À mes agents, François et Charlotte, qui m'accompagnent encore et toujours. Comme c'est heureux !

À l'artiste Steve Dehoux, qui recouvre de son grand talent cet ouvrage.

À mon amie Alice, pour les liens qu'elle déploie.

Composition et mise en pages
Nord Compo à Villeneuve-d'Ascq

#lisez! engagé
www.lisez.com

Cet ouvrage est imprimé sur du papier
issu de forêts gérées durablement.

CET OUVRAGE
A ÉTÉ ACHEVÉ D'IMPRIMER
SUR ROTO-PAGE
PAR L'IMPRIMERIE FLOCH
À MAYENNE EN DÉCEMBRE 2025

Dépôt légal : janvier 2026
N° d'édition : 69341/01 – N° d'impression : 108120
Imprimé en France